大河の剣（七）

稲葉 稔

角川文庫
23739

目次

第一章　混迷

一

山本大河《やまもとたいが》が深川中川町《ふかがわなかがわ》に道場を構える伊東甲子太郎《いとうきねたろう》の道場に足を運んだのは、正月が明けた八日のことだった。

文久《ぶんきゅう》二年（一八六二）──

永代橋《えいたい》をわたるとき、大河は橋のなかほどで立ち止まり、上流に目を注いだ。

この川（隅田川《すみだ》）のずっと上のほうに、おれの生まれ故郷があると、妙な感慨が胸の内に浮かんだ。国許《くにもと》を離れて早十四年が過ぎた。

その間、剣術一筋で生きてきたが、いまだおのれの境地を極めるには至っていない。日本一の剣士になるという誓いは固いが、それは果てしなく遠い道だというのを悟りはじめている自分がそこにいた。

欄干に手をつき、橋の下を流れる川を眺めた。日の光を照り返す隅田川に、自分の姿が映り、波に揺れ動いていた。

（おれの夢も、願いも、心も……）

さざ波を立てながら流れる川と同じかもしれぬと思った。

大河はさっと顔を上げると、真っ青に晴れている空を見て口を引き結んだ。

（まだ道半ばではないか）

と、胸中でおのれを叱咤《しった》した。

伊東甲子太郎の道場は深川佐賀《さが》町の裏、中之堀《なかのほり》の西にあった。対岸の富田《とみた》町にわたる田中《たなか》橋のすぐそばだ。

「山本様、お待ちしておりました」

道場の近くまで行ったとき声をかけてきたのは、伊東道場の藤堂平助《とうどうへいすけ》だった。

「しばらくであるな」

平助とは一度、近藤勇《こんどういさみ》の試衛館《しえいかん》で顔を合わせている。

「はい。先生はもうお待ちです」

平助はそう言って、こちらですと案内をする。十八歳とまだ若く小柄な男だが、顔には負けん気の強さがあった。

「近藤先生の野試合にはおいでにならなかったのですね」

「行きたかったが、都合がつかないので断った」

「そうでしたか。わたしも参加できずに残念でした」

一昨年、近藤勇は天然理心流《てんねんりしんりゅう》四代目宗家を襲名した直後、多摩《たま》で襲名披露の野試合を行った。そのとき、大河は招待を受けていた。

「こちらです」

平助が道場の玄関へいざなった。

道場は大河が思っていた以上に立派な作りだった。広さは六間四方だろうか、両側の板壁の前（窓下）に幅三尺ほどの畳が敷かれていた。控えの席としては立派だ。正面は一段高くなっている見所で、そこも畳敷きになっていた。

（ほう）

大河はその作りに内心で驚くとともに感心した。

門弟が十人ほど稽古《けいこ》をしていたが、大河が道場に上がると、稽古をやめて窓際に下がった。そのとき見所脇から出てきた男がいた。ちらりと大河を見、そして案内をしてきた平助を見てうなずき、

「山本大河殿ですな」

と、声をかけてきた。

「いかにも山本大河でございます。伊東さんですね」

「さようです。どうぞこちらへ……」

大河は下座に座ろうと思っていたが、伊東甲子太郎は見所のそばへうながした。試合を申し込み、わざわざ足を運んできた大河への配慮であろう。

大河はうながされるままそばに行って座った。

「噂はかねがね伺っておりましたが、思っていたより大きな方ですね」

甲子太郎はまぶしげに大河を見て、小さく微笑んだ。中肉中背で秀麗な男だった。

「伊東さんの噂も聞いております」

「ほう」

それからしばらく雑談になった。

大河はざっと自分のことを話して、甲子太郎がお玉《たま》ヶ池《いけ》の玄武館《げんぶかん》の門弟でなかったことを知った。

彼は常陸《ひたち》の生まれで水戸《みと》にて神道無念流《しんとうむねんりゅう》を学び、その後江戸《えど》に出てきていまの道場に入り北辰一刀流《ほくしんいっとうりゅう》を身につけ、道場主だった師範の伊東誠一郎《せいいちろう》に認められ婿養子になったと話した。

「すると、お義父《ちち》上の跡を伊東さんが継がれたということですか」

「ま、そうなります」

甲子太郎は歯切れのよい話し方をする。それが人柄をあらわしているようだった。

「折角ご足労いただいたうえに、あまり長く引き留めては心苦しゅうございます。早速お相手願えますか？」

「こちらこそお願いいたします」

大河は窓際に下がって支度にかかった。甲子太郎も見所脇で道具をつけはじめた。

その様子を窺《うかが》うかぎり、甲子太郎には余裕がある。自分の腕にかなりの自信があるのだなと、大河は思うと同時に楽しくなった。おそらく歳は同じぐらいだろうか。

先に支度を終えた大河が道場のなかほどに進むと、甲子太郎が少し遅れて前に立った。

「三本でやりましょう」

甲子太郎が提案した。面のなかにある双眸《そうぼう》が、さっきまでと違う光を帯びていた。

そのまま検分役をつけず、両者は作法どおりの礼をしたあとで竹刀を構えた。

見学をする門弟らが息を呑《の》んだ顔で、勝負の行方を見守る。

大河は二間の間合いを取ったまま、甲子太郎の出方を探った。

甲子太郎の師匠は北辰一刀流であるから、動きはおおよそ見当がついたが、隙が見えなかった。大河がもう少し出方を見ようと決めた瞬間、甲子太郎の竹刀が空を切って飛んできた。

「きえーッ！」

二

気合いもろとも飛んできた一撃は、青眼から面を狙っての打突だった。

素速いし、動きに乱れがなかったので、大河は危うく打たれそうになった。だが、左足をわずかに引いてかわすと、即座に小手を狙って打ち込んだ。甲子太郎は竹刀の鍔元《つばもと》で受けてかわし、右脇から胴を抜きに来たが、大河は左足を軸に反転する恰《かっ》好《こう》で、甲子太郎の右面を打った。

ぱしっと、小気味よい音が道場にひびくと、門弟らの間から「おー」という小さな驚きの声が漏れた。

大河は何事もなかったかのように下がって青眼に構え直す。甲子太郎も下がって、自分の間合いを取って構え直した。その表情に余裕の色は見られなかった。目の光も強くなっていた。

甲子太郎が右にゆっくりまわる。剣尖《けんせん》は大河の喉元《のどもと》に向けられたままだ。大河は甲子太郎の動きに合わせて動く。

（どこからでもかかってこい）

大河は猛禽《もうきん》の目となって甲子太郎の隙を探す。何の遠慮も入らない試合である。もう一本取れば、それで勝負はつく。

「さあーっ！」

大河は道場にひびきわたる気合いを発した。右足を後ろに引き、竹刀を右脇下に移し、左半身をがら空きにさせる脇構えになった。

甲子太郎の動きが止まった。その目が大河のがら空きの左懐に一瞬動いた。

（誘われたか……）

瞬間、打ってくると思ったが、甲子太郎はまた右にまわった。まわったと同時に中段から上段に竹刀を移した。素速い動きで、そのまま面を打ってきた。

「おりゃー！」

大河は体をひねってかわす。甲子太郎の竹刀はかすりもしない。

打ち込みと同時に下がった甲子太郎の目に驚きの色があった。おそらく自分の打突をかわされたことがないからだろう。しかも、体をかすってもいないのだ。ただ、竹刀は空を切っただけだ。

甲子太郎は間合いを取った。呼吸の乱れはないが、面のなかにある顔に汗が浮かんでいた。大河は汗もかいていなければ、息も乱れていなかった。常に平常心。すすっと前に出た大河を警戒した甲子太郎はわずかに下がる。そして左にまわった。お互いに竹刀は中段。

「おりゃあ！」

大河は誘いかけるような気合いを発した。胴間声だ。

直後、甲子太郎が突きを送り込んできた。小手打ちと見せかけて、喉を狙ってきた。大河はわずかに身をひねってかわす。甲子太郎の竹刀はまたもや空を切っていた。

大河はかわしたと同時に、構えを元に戻している。甲子太郎の目がくわっと見開かれていた。口をぐいっと引き結ぶと、はっとひとつ息を吐き、右面左面、さらに右左と連続技を繰り出してきた。

大河は受けにまわる。かちゃかちゃと竹刀のぶつかり合う音がして、両者は互いに体をつけあう恰好になった。

そのまま鍔《つば》迫《ぜ》り合いになるのが普通だが、大河は勢いよく甲子太郎を押し返すと同時に、床板を蹴《け》って跳び、そのまま上段から脳天に一撃見舞った。

バシッと、激しい音が道場にひびき、甲子太郎の体が後ろにのけぞり尻餅《しりもち》をついた。

見学をしていた門弟らは、声もなく呆気《あっけ》に取られた顔をしていた。

大河が竹刀を下げてゆっくり後じさると、

「まいりました」

と、甲子太郎が負けを認めて立ちあがった。同時によろっと、体の均衡をなくしそうになった。

門弟らが慌てたような声を漏らした。ある者は尻を浮かした。しかし、甲子太郎は片足を踏ん張って持ちこたえ、

「噂にたがわぬということ、思い知らされました。いや、まったくをもって……」

と、殊勝な顔で頭を下げた。

「いえ、伊東さんの力が並でないというのがわかりました。さすが道場を構えられているだけある」

「嫌みですか。わたしはすっかりやられたのですよ」

伊東はそう言ったが、腹を立てているようではなかった。暇が許せば茶をもてなしたいと言うので、大河は母屋に移って向かい合った。

「いや、すっかりまいりました。いまの江戸に山本さんの右に出る者はいないだろうという噂を聞いていましたが、まったくそのとおりの方でした。聞けば、練兵館《れんぺいかん》でもずいぶんおやりになったと聞いていますし、士学館《しがくかん》の桃井《もものい》先生も負かしたと伺っていたので、いやはや一体どんな剣術家なのだろうかと楽しみにしていましたが……」

甲子太郎はまいったまいったと苦笑いをする。

「まだまだ修行が足りないと思っています」

大河は茶をすすった。障子越しのあわい光がその座敷にあった。火鉢の五徳に掛けられた鉄瓶から湯気が出ていた。

「失礼でなければ、どんな修行をされてきたか教えていただけませんか？」

甲子太郎は真剣な眼差《まなざ》しを向けてくる。その目に嫌みはないし、潔い男だというのもわかった。大河は隠すことはないので、江戸に出てきてからのことをかいつまんで話した。

神道無念流の秋本佐蔵《あきもとさぞう》に剣術の指南を受けたあと、鍛冶橋《かじ》の千葉道場《ちば》に入門したこと。血反吐《ちへど》を吐くほどの稽古《けいこ》を積んで、ようやく免許を得、名のある剣術家と試合をしたのち、諸国へ武者修行の旅に出たことなどを話した。

「武者修行はどちらへ？」

話を聞く甲子太郎は興味津々の顔になっていた。

「上州《じょうしゅう》から信濃《しなの》へ、そして飛騨《ひだ》にも行きました。そのあとで京《きょう》に立ち寄り、備後《びんご》から周防《すおう》へ足を延ばし、西国まで行ってきました」

「西国はどちらへ……」

「柳川《やながわ》では大石進《おおいしすすむ》殿と、久留米《くるめ》では松崎浪四郎《まつざきなみしろう》殿に揉《も》んでもらいました」

大河は勝敗がどうなったかは伏せて、言葉をついだ。

「その後江戸に戻ってきましたが、もう少し旅をしたくなりまして、房州《ぼうしゅう》をひとまわりしました。武者修行では剣術の技はもちろんですが、心の修行もさせてもらいました」

「心の修行……」

甲子太郎は怪訝《けげん》な顔をした。

「飛騨へ行った折、世話になった遠藤五平太《えんどうごへいた》殿に言われたことがあります。心を磨け、おのれの力量に自惚れるなと。そのときはよくわからませんでしたが、いま思い返せば汗顔の至りです」

「心を磨く……」

「さよう。岩国《いわくに》では宇野金太郎《うのきんたろう》という練達の方から、その方の師匠である島田虎之助《しまだとらのすけ》さんの教えをそっくり伝えてもらいました。剣は心である。心正しからざれば、剣また正しからずと。とにかく剣を学ぶ者は先に心より学べと……」

「それは禅でございましょうか？」

「禅かどうかはよくわかりませんが、いまになってようやく少しだけわかりかけている気がします」

「なるほど、いいことを教えてもらいました。もし、差し支えなかったら、ときどき遊びに来てもらえませんか。わたしはいつでも歓迎いたします」

「ありがとう存じます」

「また、あらためて山本さんとは話をしたいものです」

大河はそのまま伊東道場をあとにした。甲子太郎が望んだように、大河ももう一度会って話をしたい男だと思ったが、その機会に恵まれることはなかった。

三

年が明けても桶《おけ》町千葉道場は変わることがなかった。その日も、大河は師範代として門弟に稽古をつけていた。

道場主である千葉重太郎《じゅうたろう》は鳥取藩に召し抱えられている身なので、このところ藩邸に赴くことが多い。代わりに門弟の面倒を見るのは大河だが、日がたつにつれその責務に迷いに似た飽きが来ていた。

門弟の指導をするのは悪くない。教えながらおのれの気づかなかった面に気づくことがあるからだが、おのれの技量の伸びに疑問を抱くようになっていた。

(これはおれが望んでいる生き方ではない)

そういう思いがときに大河の心を占めることがある。かといって投げ出すわけにもいかない、板挟みになっている心境に陥っていた。

「山本さん、もう耳に入っていますか?」

稽古を終えた吉田徳次《よしだとくじ》が話しかけてきたのは、大河が午前中の指導を終えたときだった。

「なにがだ?」

問い返すと、徳次は汗を拭《ふ》きながら千葉周作《しゅうさく》の次男・栄次郎《えいじろう》と、三男の道三郎《みちさぶろう》が出世したと言う。

栄次郎は水戸家に出仕し剣術指南にあたっていた。道三郎は長兄の奇蘇太郎《きそたろう》が逝去したので、宗家を継いで玄武館を継承し、水戸家の床几廻《しょうぎまわ》り役に就いていた。

「お二人は大番頭になられるそうです」

大番頭は家老に次ぐ上席である。幕府の大番頭ともなれば、五千石取りだ。水戸家は御三家であるので、幕府に準じた禄《ろく》を得られるからかなりの出世に違いない。

「そりゃすごいな」

口ではそう言うが、大河はあまり興味がない。玄武館は初代宗家の千葉周作以来、水戸家に重宝され、またそのおかげで潤ってはいるが、剣術がおろそかになっている気がしてならなかった。それは桶町の千葉道場にも言えることだった。

「道三郎先生はたいそうお喜びだと思います」

徳次は饅頭《まんじゅう》顔をにこにこさせて見てくる。道三郎のことを話すのは、大河と道三郎が同年で昵懇《じっこん》の仲だと知っているからだ。

「祝いに行けと言っているみたいだな」

「目出度《めでた》いことですから……。わたしにはまったく縁のない話ですが、やはり近くにいらっしゃる方の出世は我がことのように嬉《うれ》しゅうございます」

「ま、そうであろう」

大河は自分の道具を片づけにかかった。徳次は乾物問屋の次男で、裕福な親のおかげで御家人株を買ってもらい形だけの侍になっていた。

当人も武士への憧《あこが》れが強く、二本差しで歩くのを得意がっている。自分に縁のある栄次郎と道三郎の出世を喜ぶのは納得できる。

「もし、お会いになられるんでしたら、わたしも喜んでいたとお伝えください」

「わかった」

大河は短く返事をして立ちあがると、徳次に顔を向け直した。

「徳次、世間の噂など気にせず、もっと気合いを入れて稽古をやれ」

「はい。でも、熱心にやっているつもりですが……」

「そうは見えん。もっと素振りをやれ。誰も彼も基本を忘れるから強くなれんのだ。強くなるための基礎は素振りだ。いまのままでは免許は取れぬ。おまえの夢は皆伝をもらうことだろう。気を引き締めろ」

「わかりました」

めずらしくきついことを言われた徳次は、しょぼくれた顔でうなだれた。

北辰一刀流の位付は簡素化され、「初目録」「中目録免許」「大目録皆伝」の三つしかない。これは宗家の千葉周作が考えたことだった。しかし、ひとつひとつを取得して行くにはそれだけの修練を必要とする。皆伝をもらうのに十年も十五年もかかる者がいれば、その前で挫折《ざせつ》する者も多い。

初目録にしても一年や二年でもらえる者は少ない。おおむね三、四年はかかる。そうは言っても、入門後数年で皆伝に達する者もいる。大河がそうであった。

そして、大河が目をかけている柏尾《かしお》馬之助《うまのすけ》、玄武館の真田《さなだ》範之助《はんのすけ》もそうだった。だからといって門弟のみんながそうなれるわけではない。

馬之助は千葉道場の当主である定吉《さだきち》の内弟子として腕を磨いていたという経緯がある。範之助は天然理心流を幼い頃から習っていたので、習得が早かった。それに二人とも稽古熱心で負けず嫌いだ。

大河は徳次のこれからのことを考えて歩いた。徳次にも世話になっているが、父親の五兵衛《ごへえ》には恩義がある。暮らしがきついときに面倒を見てもらったこともあるし、住まいに関しても世話になっていた。だから徳次に目をかけているというわけではないが、どうにも憎めない男なのだ。

「あら、お帰りなさい」

正木町《まさき》の家に帰ると、雪《ゆき》をあやしていたおみつが声をかけてきた。雪をそばに置いて、濯《すす》ぎを取りに行こうとした。

「自分でやるからよい。雪はどうなのだ?」

「今日はずいぶん静かです。泣けば元気がよくて困りますが……」

おみつはふたたび雪を抱きかかえてあやしにかかった。雪は眠そうだ。生まれてまだ二月《ふたつき》と少々である。

大河は居間にあがって雪の小さな手を触り、血色のよいふっくらとした頬を指で突いた。

「眠そうだな」

「ええ、さっきまで泣き騒いでいましたから。あら、ほんとうに寝てしまった」

おみつはそのまま雪を寝間に運んで行き、座敷の火鉢にあたっている大河のそばにやって来た。

「道三郎さんと、栄次郎さんが出世されたようだ。なんでも水戸家の大番頭になられたそうだ」

「へえ……」

おみつはぴんと来ないらしく、鉄瓶の湯を急須《きゅうす》に注ぐ。大河も大名家がどんなふうになっているのかよくは知らないが、石屋の娘に生まれたおみつはなおさらだ。

「大番頭というのはご家老のつぎに偉いお役だ」

「ひゃあ、それは大変なご出世ではありませんか。早速にもお祝いしなければなりませんね」

おみつは大河が栄次郎と道三郎に世話になっていることを知っている。大河は目をまるくするおみつを見て、やはり祝い事だから、なにかしなければならぬと考えた。

「明日にでもお玉ヶ池を訪ねるつもりだが、祝いには何がよいかな？」

「さあ、なんでしょう。お酒では足りないでしょうか？」

「ふむ、まさか刀というわけにはいかぬし、手拭《てぬぐ》いや扇子では安すぎるな」

おみつは帯とか雪駄《せった》はどうかと提案したが、それもどうかと思う大河は、

「やはり祝い酒が無難であろう。樽酒《たるざけ》でも持って行こう」

と、決めた。

「山本さん、深川の伊東さんと試合をされたそうですね」

声をかけてきたのは、柏尾馬之助だった。

甲子太郎と試合をした二日後のことだ。

「もう耳に入ったか」

大河は道場に入ったばかりで、稽古《けいこ》をつける支度をしている最中だった。道場には早朝から稽古に励む門弟らの元気のいい声が充満していた。

「手も足も出なかったと伊東さんはおっしゃっていました」

大河は胴をつけたところで馬之助の顔を見た。以前はあどけない顔をしていたが、いまは年相応に大人びた面貌《めんぼう》になっている。

「おぬしは伊東さんと付き合いがあるのか？」

「ときどき稽古をつけてくれと道場に呼ばれるんです。指南料をくださいますから、生計の助けにもなります。それに伊東さんは学問もおありで、話を聞くのが楽しいのです」

「そうか、おぬしはあの道場に出入りしていたのか」

大河は胴をつけると、その場に腰をおろした。馬之助も釣られたように床に座った。

「この道場もいいですが、伊東さんの道場は居心地のよさを感じます。なぜなのかわかりませんが……」

「それはおれも思った。小さいながらもよい道場だと思った。それも伊東さんの人柄なのかもしれぬ」

「わたしもいずれは道場を持ちたいと思います」

「ほう」

大河はにこにこ微笑んでいる馬之助を眺めた。

「おぬしがそんなことを考えていたとは……」

「腕を磨いたら誰でも思うことではないでしょうか。わたしは次男で家督の継げない身です。おのれで道を切り拓《ひら》くしかありませんから、剣術で身を立てたいという夢は叶《かな》えたいのです」

「それはおれとて同じだ。さりとて道場を開いたからといって、必ずしもうまくいくとはかぎらぬだろう」

「ありゃあ、山本さんにしてはめずらしいことをおっしゃいます。わたしはてっきり山本さんも道場を持ちたいのだと思っていました。それだけの腕がおありなので すから、いつでも開けるのではありませんか。山本さんの道場なら門弟はすぐに集まるはずです。いまや山本さんの右に出る人はいないのですから」

「言い過ぎだ。おれはさほどの腕は持っておらぬ」

「みんな言っていますよ。いま江戸で一番強いのは山本さんだと。試衛館の近藤さんも、それから清河《きよかわ》さんもそう言っています。重太郎先生然《しか》りです」

「買い被《かぶ》りだ」

大河は竹刀を手許《てもと》に引き寄せ、話柄を変えた。

「おぬし、試衛館に行っているのか？」

「一度声をかけられましたので遊びに行きました。あの道場は面白いです。なぜかわかりませんが、食客になっている人は天然理心流でない人が多いし、それに話をすると楽しゅうございます」

「どんな話が面白い？　技のことか？」

馬之助は首を振った。

「尊皇や攘夷《じょうい》のことです」

大河はまたかと思った。その話には興味がなかった。

「わたしは公武合体でいいと思うのですが、あくまでも攘夷を決行すべきだという人もいます。まあ、人それぞれではありますが、いずれにしても異国に阿《おもね》りつつある幕府を立て直すのが急務でしょう」

「伊東さんともそんな話を……」

大河はまじまじと馬之助を見る。

「たまにします」

大河は稽古中の門弟らを眺めてから、馬之助に視線を戻した。

「おれにはわからぬ。幕府がどうの天皇がどうのと言うが、そんなことは上のほうで決めることだろう。下々のおれたちがじたばたしてもどうにもならぬことだ。それよりおれは目の前にあることを考える。おのれのやりたいことを考える。尊皇だ攘夷だということには首を突っ込みたくない」

「この国は、日本という国は、幕府が守ってきたのです。それが壊れかけているから、草莽《そうもう》の志士が立ちあがっているのだと思います」

「おい、馬之助。おぬしはさっき道場を開くのが夢だと言ったな。だったら、そのためになにをすべきか、そのことを考えるべきだろう」

「ま、おっしゃるとおりではありますが……」

大河はさっと立ちあがると、

「たまにはおれの相手をしろ」

と言って、道場のなかほどに進んだ。

四

大河がお玉ヶ池の玄武館を訪ねたのは、その翌日だった。手には新川《しんかわ》で仕入れた熨斗《のし》つきの酒樽《さかだる》を提げていた。

いつもなら道場の近くまで来ると、稽古中の門弟らの気合いや竹刀のぶつかり合う音、また床を踏む音が聞こえてくるが、なにも聞こえてこない。

どうしたのだろうかと、不審に思い道場玄関に立ったが、戸は閉められていた。

道場が休みになることは滅多にないのに、おかしなことだった。門弟の姿も見ない。

母屋にまわりこんで玄関で訪《おとな》いの声をかけると、しばらくして女中が顔を見せた。なにやら化け物でも見るような顔つきだ。

「道三郎先生に会いに来たのだが、道場が閉まっているな」

女中とは顔見知りなのでのっけからそう言った。

「不幸があったのです」

女中はか細い声で言って、しんみりした目を向けてくる。

「どういうことだ？」

「栄次郎先生が亡くなられたのです」

大河は一瞬聞き違いかと思った。

「なんだと。いつのことだ？」

「昨日です。それで先生は栄次郎先生のお宅へ行ってらっしゃいます」

「おい、それはほんとうだろうな」

女中は申しわけないという顔でうなずく。

大河は点々と雲を浮かべている青い空をあおぎ見た。

「なぜ、亡くなったのだ？」

女中はわかりませんと首を振った。

通夜は昨日行われ、おそらくいまごろは野辺送りが行われているはずだと言う。

大河は信じられない思いだった。これから野辺送りに行っても間に合わぬだろうし、喪服でもない。手に提げた樽酒をどうしようか迷ったが、

「先生が大番頭に出世なさったと聞き、祝いを持参してきたが、祝いどころではなくなったな。だが、これは置いて行く。それで、道三郎先生はいつお戻りかわるか？」

「おそらく今夜だと思いますが、明日になるかもしれません。あまりにも突然のことなので、わからないのです」

大河はそのまま玄武館をあとにした。

信じられなかった。まさか千葉栄次郎が死ぬとは考えもしないことだった。まだ、三十になったばかりなのだ。

千葉道場に入門したての頃、栄次郎の指導を受け、厳しい稽古《けいこ》をつけられた。試合形式の地稽古を何度もやった。負けると悔しくてがむしゃらに向かっていった。

「おまえは元気と力はあるが、ただそれだけだな」

と、笑って言われた。それでも、見所があるからへこたれず稽古をすれば、ものになると励まされもした。

何度か栄次郎の試合を見たことがあるが、鮮やかな身のこなしと、相手を翻弄《ほんろう》する足のさばきには目をみはった。天から落ちる滝のように鋭い打ち下ろし。紙一重で相手の剣をかわしての胴抜き。まるで天狗《てんぐ》のように跳躍して、面を狙うと見せかけての小手打ち。

白い歯を見せて、朗らかに笑いながら「大河、大河」と呼んでくれた人。

(栄次郎先生が……)

大河は焦点の定まらないような目で歩きつづけた。すれ違う者も目に入らず、商家の店先で呼び込む小僧の声もどこか遠くに聞こえていた。

正木町の自宅に帰ると、閉まっている玄関の奥から元気よく泣いている雪の声で大河は我に返った。はっとひとつ息を吐き、玄関に入ると、すぐそばの座敷でおみつが雪に乳をやっているところだった。

「あら、お早いですね。もうお帰りで……」

おみつが驚くのも不思議ではない。家を出てからまだ一刻《いっとき》（約二時間）もたっていないのだ。

大河はなにも答えずに、蹌踉《そうろう》とした足取りで座敷に上がり、

「栄次郎先生が亡くなった」

と、ぽつりとつぶやいた。

おみつは声もなくぽかんと口を開けまばたきをした。

「昨日だったらしい。出世したばかりだったのに、なんの因果かわからぬが……」

大河は自分の膝《ひざ》に拳《こぶし》を打ちつけて唇を噛《か》みしめた。

「それじゃお祝いは……」

「それどころではないだろう。だが、祝いの酒は女中に預けてきた」

「そうだったのですか」

大河は泣き止んだ雪のそばに行って頭を撫《な》でた。まだ髪の毛は生えきらずぽよぽ

よしている。撫でられるのが嬉《うれ》しいのか、雪は笑って歯も生えていない口を開けて小さく笑う。

「お昼はいかがされます？　まだ、少し早いですけれど……」

おみつが聞いてきた。

大河は少し考えてから、

「おみつ、おれは迷っている」

と、答えにならない返事をした。おみつはきょとんとして、なにを迷っているのだと聞いた。

「おれのことだ。むろん、おまえのことも雪のことも考えてはいるが、世間はおかしい。そうは思わないか？」

またおみつは、きょとんとなる。

「みんな攘夷《じょうい》だ尊皇だ。勤皇だ佐幕だとか言って、政にかぶれている。挙げ句幕府を倒して新しい世の中を作ると言うやつもいる。おれはそんな話には耳を傾けないが、どこか狂っている」

大河は拳を自分の膝にぶつけ、はっと息を吐いた。

「そうは思わぬか？」

こんなことをおみつに話しても詮《せん》ないことだというのはわかっていたが、大河は言わずにおれなかった。

おみつは真剣な顔を大河に向けていたが、ふんわりとした笑みを浮かべた。

「わたしにはそういったことはわかりませんけれど、あなたはあなたの道を歩めばいいのではないでしょうか」

大河はおみつを凝視した。

「あなたは日本一の剣士になるために江戸に出てきたのでしょう。そのために厳しい稽古に耐え、武者修行の旅をし、そして強い人たちを何人も負かしてきた。徳次さんは、いまの江戸で一番強いのはあなただとおっしゃっています。それでも満足されていない。満足できないのは、もっと強くなりたいからでしょう」

大河は小さくうなずいた。

「迷ったり悩んだりすることはないでしょう。わたしは山本大河らしくあってほしい。これからも鍛錬を怠らず強くなり、そして日本一になる。あなたの進む道は決まっているのではないでしょうか。世の中がどう変わろうが、天下がどう変わろうが、あなたはあなたでしかないのではありませんか。わたしもあなたの妻として変わることはないのですから」

大河はカッと目をみはった。おみつに言われたことで、おのれのなかにある迷いが吹っ切れた気がした。たしかにおみつの言うとおりだと思った。

自分は剣術以外のことで、まわりに惑わされ翻弄されていたのだ。

「おみつ……」

「はい」

障子越しのやわらかな光が、おみつの白い頬を包んでいた。

「よくぞ言ってくれた。おまえの言うとおりだ。おれは迷っていたに過ぎぬ」

そう言うなり、大河はすっくと立ち上がった。

「出かけてくる」

「どちらへ……」

大河はさっとおみつを見下ろして答えた。

「道場だ」

五

桶町千葉道場では稽古が行われていた。通常であれば、玄武館同様喪に服すべきかもしれないが、道場主の重太郎は道場を開放していた。

道場には鳥取藩池田《いけだ》家の子弟の他に町の者たちもやってくる。その数は、いまや本家である玄武館をしのぐほどの盛況だ。

大河が道場に入ったときも、三十数人の門弟らが稽古に汗を流していた。指導をしているのは塾頭の柏尾馬之助だった。

大河が道場に入ると、馬之助が真っ先に飛んできた。

「山本さん、お聞きになっていますか？」

「栄次郎先生のことだろう。知っておる。さっき、お玉ヶ池に行ってきたばかりだ。当然のことだろうが、道場は閉められていた。野辺送りは終わった頃だろう」

「やはり、ご存じだったのですね。それにしてもあまりにも突然でしたね」

「うむ」

大河は見所脇に腰をおろすと、稽古をしている門弟たちをひと眺めして、

「馬之助、おれが稽古をつけよう」

と、言った。

「わたしの相手をしてくださいますか」

馬之助は目を輝かせた。

「そうだな。まずはおまえからやろう」

大河は支度を調えると、まずは素振り二百回をやって体を温めた後で、馬之助相手に稽古《けいこ》を開始した。

最初は型をたしかめ、互いに打ち込み稽古をやって汗を流し、遠慮のない試合形式の地稽古に入った。

馬之助は六尺（約一八〇センチ）近い大河より三寸（約九センチ）ほど背は低いが、向かい合うとその差を感じさせない。

伸びてくる竹刀も鋭く、打突も強い。以前は軽くあしらうことができたが、いまやなまなかではなかった。

馬之助が右足を飛ばしながら上段から打ち込んでくれば、大河は半身をひねってかわし後ろ面を打つ。

馬之助は片手竹刀で受けると、即座に反転し胴を抜きに来る。大河は上から小手を打ちにいって決める。

勝負が決まっても、すぐに間合いを取って互いに隙を窺《うかが》いながら前に出、体をぶつけ合うように竹刀を飛ばす。

激しい撃ち合いになって、体が交叉《こうさ》し、そしてすれ違う。鍔迫《つばぜ》り合って押し合いながら、馬之助が足技をかけてくる。

そうはさせじと、大河は片腕を馬之助の脇の下に入れて投げ倒す。発条《ばね》仕掛けの人形のように馬之助が起き上がって突きを見舞ってくる。

大河は下がってかわし、上段から激烈な面を打つ。竹刀が打ち合わさる度に激しい音を立て、互いの気合いが道場にひびきわたる。

まるで獰猛《どうもう》な獣が生死を分けて戦っているように見える。

小半刻《こはんとき》（約三〇分）もたたず、両者汗だくになり息を切らす。大河は目の前の馬之助を倒すために、なにもかも忘れる。ただひたすら打たれないように打ち込み、打ち込まれれば受けるか擦り落としてかわす。

汗が飛び散り、息遣いが乱れる。面のなかの顔には汗がとめどなく流れ、稽古着の脇の下も背中も汗を吸って黒くなっている。

「どりゃ！」

大河は上段から打ち込もうとした馬之助の喉元《のどもと》に突きを見舞った。虚をつかれた馬之助が後ろに吹っ飛び、一間半ほど離れた板壁に背中を打ちつけて倒れた。

大河ははっとなった。やり過ぎたかと一瞬焦ったが、馬之助はふらつきながら立ち上がった。

「大丈夫か？」

「なんのこれしきで……」

馬之助は言葉を返したが、

「この辺にしておこう」

と、大河は引き下がった。

「腕を上げたな。見違えるほどだ」

大河は汗を拭《ふ》きながら馬之助を見た。

「やはり、山本さんにはまだまだ追いつけません。よくわかりました」

馬之助は息を切らしながらそう言ったあとで、もっと鍛錬しなければならないと独り言をつぶやいた。

「おぬしは伊東道場にも行っているようだが、他流試合をやればいろいろとわかることがある。やってみたらどうだ」

「そう思って、ときどき試衛館にも遊びに行っているんです」

「それはいいことだ。あそこには腕の立つ食客が入れ替わりでやってきているようだからな」

「そうです。だから面白いし、技も盗めます」

「いいことだ」

大河は立ち上がると、もう一度面を被《かぶ》って、道場にいる門弟たちに声をかけた。

「稽古をつける。誰でもいいからかかってこい」

まだ呼吸が整っていなかったので、喘《あえ》ぎ喘ぎの声になった。

「では、お願いします」

「お願いします」

進み出てきたのは二人だったが、そのあとに三人の門弟がつづいた。

大河はゆっくり眺めて、

「おれはまだ呼吸が乱れて疲れている。おれを負かすのはいまだ。遠慮はいらぬから束になってかかってこい。よし、そこの五人。いや、おぬしも、そこのおぬしも、そしておまえも……」

大河は門弟たちを見て声をかけた。全部で十人になった。

「おぬしらは数で勝っている。おれは疲れてもいる。だからといって遠慮はいらぬ。おれも遠慮はせぬ。よし、はじめッ!」

大河が竹刀を中段に構えて前に出ると、十人の門弟が取り囲むように動いた。

「おりゃあ!」

胴間声を発して前に出ると、背後から打ち込んでくる者がいた。とっさに身をひねって胴を抜くと、横合いから面を打ってくる者がいる。

大河は竹刀をはじき返して、右から迫ってくる者の胴を抜き、二間ほど走り抜け、振り返ると同時に正面から打ち込んできた者の小手を打ち、つづけざまに面を打って、横に跳んで片膝《かたひざ》をついた。

そこへ新たに打ち込んでくる者がいた。斜め後方にまわり込んだ門弟だったが、すくい上げるように竹刀を擦りかわして立ち上がった。

「はっ」

と、大きく息を吐いて正面に立った者との間合いを詰める。門弟はもう近づけないで、遠間《とおあい》から気合いだけを発する。

「どうした、かかってこい！」

大河の誘いの声にはじかれたように、三人が一斉に打ち込んできた。一人の小手を打ち、二人目の胴を抜き、三人目の男の面を打った。それで終わりではなかった。

門弟らは威勢のいい気合いを発しながら、前から横からと攻撃を仕掛けてくる。

しかし、大河の面にも小手にも胴にも、竹刀をあてることができないばかりか、伸びたように倒れている者もいれば、腹を押さえてうずくまっている者もいるし、戦意を喪失したように座っている者もいた。

大河の打突は強烈である。俊敏であるし、竹刀の動きを見ることができないという者もいる。一撃で失神する者もいるし、打たれたところの痺《しび》れが三日も四日も取れないという者もいる。

大河にかかっていた十人の門弟はつぎつぎと、「まいりました」と言って下がった。

「山本さん……」

自分の席に座り直した大河に、馬之助があきれ顔を向けてきた。

「いい汗をかいた」

大河は面を脱いで爽快《そうかい》な笑みを浮かべた。

六

大河が千葉道三郎と会ったのは、それから三日後の昼下がりだった。

玄武館は道場を再開し、門弟らの元気な声が聞こえていたが、二人のいる母屋の座敷はやはり身内の死を悼んでいるせいか、ひっそりと静まり返っていた。

大河の来訪を喜ぶ道三郎にも、いつもの元気が感じられなかった。

「奇蘇兄さんにつづいてのことだから、おれも少々まいっている」

「知らせを聞いたときにはまさかと思いました。それにしてもあまりにも突然すぎます。なぜ、命を落とすことに……」

大河は道三郎の暗い顔を見た。

「わからんのだ。おそらく卒中だったのではないかと……。年明け早々に会ったときは至って元気だったのだが、人の命というのはわからんな」

「…………」

「それで話を聞いたか？」

大河が黙っていると、道三郎が言葉をついだ。

「なんの話です？」

「今朝、坂下《さかした》門でご老中《ろうじゅう》の安藤対馬守《あんどうつしまのかみ》が襲われたのだ」

「ご老中が……」

大河はそう問うが、老中安藤対馬守がいかなる人物なのかは知らない。おそらく道三郎も詳しいことは知らないはずだ。

「襲ったのは水戸家の者だった。その場で斬られたらしいが、これでまたもや水戸家に厳しい目が向く」

道三郎は玄武館の当主と同時に、水戸家に抱えられている身分でもある。ため息をつくのはわかる。

「それでご老中は？」

「無事だったようだ」

道三郎はそう言って「はあ」とため息をつく。兄栄次郎の死が応《こた》えてのものか、それとも老中襲撃を企てたのが水戸家の者だったことに落胆してのものか、大河にはわからない。

「だんだんおかしくなってくる。ああだこうだと言って、先走る者が多いから藩も幕府も頭を痛めている」

そういう道三郎を、大河は静かに眺めた。

二人は火鉢のそばに座って向かい合っていた。障子越しの光が座敷を満たし、五徳に掛けられた鉄瓶が湯気を昇らせている。道場の声はかすかに聞き取れる程度だが、庭で鳴く目白の声が楽しげだ。

「ご老中の安藤様はなぜ狙われたのです？」

大河は間が持てなくなって聞いてみた。とくに興味があるわけではないが、その経緯を知りたいという思いもある。

「襲った者たちは斬奸状《ざんかんじょう》を持っていたようだ。ご老中は公武合体を進めておられる人物だ。水戸家はあくまでも尊皇攘夷《じょうい》であるから、ご老中のやり方に不満があったからだろう。それに、将軍家茂《いえもち》様と天皇の妹和宮《かずのみや》様との婚儀がある。これは、先に亡くなられた井伊《いい》大老《たいろう》の画策によるものらしいが、幕府はこれによって公武合体をはっきり示したいのだろう。されど安藤老中を襲った者たちは、異国の言いなりになっている幕府に、かねてより憤っておる。そこへ朝廷を軽んじるように、和宮様を嫁入らせる。そのことが我慢ならなかったのだろう。ま、これは勝手なおれの推量でしかない。大河にこんな話をしてもつまらんな」

「そんなことはありません。わたしも少しはさようなことを知っていないと……」

大河にはまわりに遅れを取らない程度の知識を入れておくべきだという思いがあるので、言葉は半分ほんとうだった。

「ふふ、おぬしも変わったな。それとも世の中が変えたか……」

道三郎は初めてあかるく笑った。

「わたしは変わっていませんよ。いや、そう言えば嘘になるか……」

「どういうことだ？」

「道三郎さんもそうですが、変わったのはわたしではなく、まわりが変わったのです。そのことに気づきました。そうでしょう。以前は道三郎さんは政事の話などされなかった。いつも剣術のことを考えておいでだった。ところが、水戸家に仕官されてから、だんだんに尊皇だ攘夷だと言われるようになった。まわりの者もそうです。世間で騒がれるようになった尊皇攘夷や勤皇、あるいは佐幕だ倒幕だとうるさいぐらいだ。毒されておる。もっともペリーがやってきたあたりから、世の中がおかしくなったというのはわかります。幕府がへっぴり腰だというのもわかりました。だからといって、みんながみんな騒ぐことはない。そう思いませんか」

「大河、そこが違うのだ。やっぱり天皇は我が国において尊重すべき天子様だ。常に将軍家の上にある地位だ。そうであろう」

「まあ」

大河はつい興奮した自分を内心で戒めた。

「このまま外国に服《まつろ》うておれば、幕府も天皇家も壊されるかもしれぬ。そうなっては困るのではないか」

「それは困りますよ。しかし……」

「なんだ？」

「政も知らぬ者が騒ぐことではないでしょう。少し学問を聞きかじったぐらいのやつが、とくにそうだ」

「それだけ国を憂いているからだろう」

「だったら尊攘を叫ぶ者と、あくまでも佐幕だという者が手を合わせればよいのです」

「ほう」

道三郎は口をすぼめて驚き顔をした。

「たしかにおぬしの言うとおりだ。同じ国に住む者同士で啀《いが》み合うことはない。それはおれも同じ考えだ。されど、そこがうまく折り合わぬ」

大河はもう勝手にしろと言いたくなった。だから言ってやった。

「まあ、こんなことを道三郎さんと話し合っても詮《せん》ないことです。それより、道場はどうするのです？」

「つづけるさ。やめるわけにはいかぬからな」

「言ってよいですか……」

大河は道三郎を窺《うかが》うように見た。

「なんだ？」

「道三郎さんは父・千葉周作の血を引いた立派な剣術家。だったら下手に政に口を出さずに、剣術家として道場を守り抜くことを考えてもらいたい」

「わかっておる」

「わたしはあくまでも剣術の道を究めるだけです」

「それもわかっておる」

ならば話は終わりだと、大河は結びたかった。だが、すぐに道三郎が「大河」と、言葉を被《かぶ》せてきた。

「礼を申す。おぬしにそんなことを言われるとは思わなかった。たしかにそうだ。さりながら、ひとつだけ言っておく。この国は変わらなければならんのだ。そういう時機に来ているのはたしかなようだ」

第二章　九　蔵

一

二月は火事が多かった。

発端は大名小路《だいみようこうじ》にある岡山藩・松平内蔵頭《まつだいらくらのかみ》上屋敷の出火だった。以降、牛込《うしごめ》や芝《しば》、あるいは下谷《したや》、そして深川でも出火したと思ったら、大河の住む正木町の近くの南《みなみ》塗師《ぬし》町から火が出た。

半鐘が打ち鳴らされる度に、大河もおみつも表に飛び出して様子を見るという按《あん》配《ばい》だった。そんなときに、同じ町内に住む徳次が青い顔をして駆けつけてきては、

「こっちには来ないでしょうね。道場は大丈夫でしょうか。おとっつぁんの店はどうしているでしょう」

などと、落ち着きなく足踏みをして空に漂う黒煙を目で追った。

その度に、大河は、

「徳次、心配なら走って見に行ってこい」

と、言って徳次を火事場の近くまで見に行かせ、戻ってきたら様子を聞くということが何度かあった。

「また火事ですよ」

早鐘の音を聞くと、おみつは雪を抱き上げて表に出、

「また徳次さんが来ますね」

と、大河を振り返った。案の定、すぐに徳次がやってきて、大丈夫でしょうかと不安な顔を向けてくる。

「様子を見てこい」

毎度のごとく大河に命じられると、徳次は火事場に走って行った。

おみつは火事の心配をしながらも、

「徳次さんは火消しにでもなればよいのに」

と、半分冗談めかしたことを口にした。

そんな時分、江戸の者たちの噂は火事で持ちきりで、ひと頃あった黒船騒ぎどこ

ろではなかった。しかし、梅の花が咲き、桃や辛夷《こぶし》が花を開く頃になると、火事騒ぎも落ち着き、普段の暮らしに戻っていった。

大河の暮らしも平凡なもので、桶町の道場に通ってはおのれに課した稽古《けいこ》をし、そして門弟の指導にあたるという毎日だった。

当主の重太郎は「剣術取立」というお役で、鳥取藩池田家に出仕している手前、道場にいることが少なく、門弟の指導はもっぱら大河と塾頭の馬之助が行っていた。

「毎日忙しいですね」

家に帰ると、子育てと家事に忙しいおみつが大河の労をねぎらうが、

「つまらん忙しさだ」

と、大河は素っ気なく答えた。

おみつは言葉を返してこない。大河がなぜそんなことを言うのか、その心中を察しているからだ。かといって大河はおのれのなかにある鬱憤《うっぷん》を、おみつに吐露したくはない。

代わりに酒量が増えた。しかし、飲めば飲むほど胸のうちにある不満は募るばかりである。

（江戸には強い相手はおらんのか……）

練兵館からも士学館からも試合の申し込みはない。試衛館に行っても、大河と対等に戦える者もいない。

「どこかに骨のある相手はおらんかなあ」

日を置かず遊びに来る徳次にぼやいても、

「山本さんに挑める相手は江戸にはいませんよ」

と、知ったふうな口を利く。

「ならば探してこい。おれはいつでも相手になってやる」

「そうおっしゃっても、容易《たやす》くは見つかりませんよ。それで、聞いたのですが……」

徳次は身を乗り出して酌をしてくれる。

開け放してある縁側から心地よい風が流れてきて、行灯《あんどん》のあかりを揺らめかせた。

「なにを聞いたという？」

「剣術の強い人はみんな京に上っているという噂です」

「京に……」

大河はぐい呑《の》みを持ったまま表に目を注ぐ。家のなかのあかりが庭にこぼれ、垣根のそばに咲いている白い雪柳を浮きあがらせていた。

「京には長州《ちょうしゅう》や薩摩《さつま》をはじめ、諸国の志士がこぞって集まっているらしいです。なんでも朝廷を取り込むためだとか、幕府を倒す計画をしているとか、どれがほんとうの話か知りませんが、とにかくいろんな人たちが京にいるらしいのです」

「おまえ、どこでそんな話を聞いてくるのだ？」

徳次はひょいと首をすくめ、ほうぼうで聞くと言う。

「おまえの実家でもそんな噂があるのか？」

徳次の実家は吉田屋《よしだ》という大きな乾物問屋である。大河は吉田屋で起きた厄介ごとをまるく収め、また家督の継げない徳次の面倒を見ている。その恩返しとばかりに吉田屋の主《あるじ》・五兵衛は大河の後援者となっていた。いま住んでいる家の家賃も吉田屋持ちであった。

「店ではあまり聞きませんが、道場で聞きます」

すると門弟たちがそんな話をしているということになる。たしかに大河は門弟と親しく話をすることはない。

指導者として世間話をする暇がないというのもあるが、門弟らは決まったようにどう打ち込めばよいかとか、足の捌《さば》きをいかにうまくすればよいかといったことを聞いてくるので、その都度手本となる動きを見せ、当人にやらせるだけで、他の話はほとんどしない。

「千葉道場は池田家の方が多いですが、お玉ヶ池ではもっと詳しい話が聞けるはずです。あちらは水戸家の方が多いですからね。そうそう、山岡《やまおか》様が山本さんに会いたいらしいですよ」

「いつのことだ？」

「昨日、お玉ヶ池に行ったら山岡さんに会ったんです。そのとき、山本さんは元気かと聞かれ、元気だと言うと、たまには会いたいと言っていました」

「そうか、山岡がね……」

山岡鉄太郎《てつたろう》。のちの鉄舟《てっしゅう》である。

「近いうちに会いに行ってみるか。あの男もまた腕を上げているだろう」

「きっと喜びますよ」

二

お玉ヶ池に足を運ぼうと考えていた大河だったが、思うようにいかなかった。塾頭の馬之助が重太郎に呼ばれ、鳥取藩上屋敷で剣術指南役の助仕事をまかされたせいで、大河の身動きが取れなくなったのだ。

　それに、おみつが麻疹《はしか》にかかり、高熱を発して寝込んでしまった。医者は治ると言ったが熱はなかなか引かず、大河はその看病をし、その間まだ赤ん坊の雪をよそに預けなければならなかった。

　雪は乳飲み子なのでおいそれと預かる者はいない。しかし、徳次の計らいで実家の吉田屋に奉公している女中・梅《うめ》に預けることができた。梅には二歳の子供がいて、乳が余っていた。そのためにおみつが寝込んでいる間、梅に雪を預かってもらった。

　さいわいおみつの熱は十日ほどで下がり、全身にできた発疹《はっしん》も引き、それから三日後には台所に立てるようになった。

「あなた、お世話になりました。ほんとうは死ぬのではないかと思いました」

　床を抜けたとき、おみつは両手をついて大河に礼を言った。

「死なれたら困る。雪もいるのだ。とにかく治ってよかった」

　快復したおみつは顔色もよくなり、預けていた雪を引き取って以前のように子育てをするようになった。

　いつしか花見の季節も終わり、江戸は夏になっていた。

　大河がお玉ヶ池の玄武館を訪ねたのは、結局四月に入ってからだった。

　道場に顔を出すと、真っ先に真田範之助が声をかけてきた。

「山本さん、お久しぶりです」

清々《すがすが》しい顔で範之助は挨拶《あいさつ》をした。以前より体が逞《たくま》しくなっていた。それに色が黒くなっていた。

「ずいぶん日に焼けた顔をしておるな」

「水戸と江戸を行き来していたせいでしょう」

「水戸に行っていたのか？」

「あちらの道場で稽古《けいこ》をつけるためです。冬場は寒いところですが、いまは陽気がよくなって楽です」

「すると、いまでも水戸へ」

「呼ばれたら行くことになっています。行ったら一月《ひとつき》はあちらでお世話になります」

「水戸には見所のある者がいるか？」

大河は常に自分の相手を探しているので、どうしても興味がある。

「目をつけている者も何人かいますが、錬磨が足りませぬ。今日は稽古に……？」

「それもあるが、山岡はいないか？」

「今日はまだ見えていません。どうします。たまにはわたしに稽古をつけてくれませんか？」

請われれば断れない大河である。それに相手が範之助なら申し分ない。

半刻《はんとき》（約一時間）ばかり掛かり稽古をやって汗を流した。範之助はもともと天然理心流を身につけてのち北辰一刀流に入った男なので、独特の動きがある。

顕著なのは攻撃に重きを置いている点だ。隙あらばしゃにむにかかってくるし、大河の構えを崩すために、上段から八相に仕掛け、中段突きから足払いや横面を狙ってきたりする。

桶町道場にはこんな相手はいないので、大河は手応《てごた》えのある稽古ができた。

「やはり、山本さんにはかないません。打ちに行ってもあっさりかわされるし、打突は相変わらず速くて強い」

範之助は面を脱いだあとで息を切らしながら言った。

「腕を上げたな。見違えるほどだ。だが、攻め立てすぎだ。攻め込んでいくのは悪くないが、それだけ隙ができる。仕掛けたときに隙はできる。そこをつかれない工夫をするべきだ」

「なるほど」

範之助は感心顔で納得する。

「道三郎さんは母屋か」

大河は見所脇の出入り口に顔を向けて聞いた。

「今日は藩邸にお出かけです。このところ忙しそうにされています」

「そうか」

道三郎の顔を見たいと思ったが、残念だった。

「水戸に行くと、楽しみがあるんです」

範之助はにこやかな顔で言う。

どんなことだと聞けば、武田耕雲斎《たけだこううんさい》という人がいる。先年亡くなった藩主斉昭《なりあき》の側近で、そのあとを襲った慶篤《よしあつ》の知恵袋になっている人物らしい。

「わたしはときどき武田様の供を命じられます。その折にいろんな話を聞かされるのですが、偉い人は考えが深くていつも感心させられます」

範之助は得意そうに耕雲斎の人柄をひとしきり話し、考え方に感銘を受けていると言う。耕雲斎は水戸学を究めている人で、斉昭と同様に尊皇攘夷《じょうい》を推進している。自分は耕雲斎の教えを受けることが楽しいと範之助は話した。

大河は目をきらきらさせて話す範之助の顔を見ながら、こやつも尊皇攘夷思想に染まってきたかと思った。一介の剣術家に過ぎない男が、藩重臣の供をするというのが嬉《うれ》しいのだろう。話しぶりから得意がっている様子が窺《うかが》える。

村名主の倅《せがれ》が御三家のひとつである水戸家重臣の供を務めることはまずあり得ないことだが、剣術をつづけてきたおかげで、思いもよらぬ役まわりがめぐってきたことが嬉しいのだ。

大河は思う。おまえは供廻《ともまわ》り衆の一人だろうが、要は用心棒に過ぎないのだと。

「山本さんも武田様にお会いになれば、その人柄に惚《ほ》れると思います」

「さようか。だが、その方は剣術家ではなかろう。剣の腕があるお人なら会ってみたい気はするが……」

大河が興味なさそうな顔をすると、

「山本さん、これからは剣術だけでは世の中をわたっていけないと思うのです」

と、意外なことを口にした。

「おかしなことをぬかす。おぬしは剣術で身を立てるために江戸に出てきたのだろう。そのために稽古に励んできたのではないか。まあ、立派な人の考えを学ぶのは悪いことではなかろうが、初心を忘れてはならぬと思うがな……」

「初心は忘れていません。わたしの初心は侍になることです」

範之助はめずらしく毅然《きぜん》とした顔で言って背筋を伸ばした。大河はその顔をしばらく眺めて、「そうであったな」と応じ、

「まあ、偉い方のそばについておればなにかよいこともあろう」

と、言葉を足したとき道場にひときわ大きな男があらわれた。山岡鉄太郎だった。

三

山岡も大河に気づいて近づいてきた。

「ご無沙汰《ぶさた》でございます。山本さんのことが気になっていたのです」

山岡はそう言って大河の前に座った。範之助は二人に遠慮をしたのか、わたしは失礼しますと言って去った。

「忙しそうだな」

大河は山岡を見あげるようにして聞く。大河は六尺近い大男だが、山岡のほうが二寸ほど背が高い。

「講武所《こうぶしょ》のお役がありますので、なにかと忙しくしています」

「世話役をやっているのだったな。されど、近くなったから楽になったのではないか」

旗本や御家人に剣槍《けんそう》砲術を教授する講武所は、築地《つきじ》鉄砲洲《てっぽうず》にあったがいまは神田《かんだ》小川《おがわ》町に移っていた。

「まあ、通うのは楽になりましたが。山本さんは、いかがなさっていらっしゃるんで……」

山岡はどっしりした体同様に静なかもの言いをする。

「相も変わらずだ。重太郎先生が忙しいので、師範代仕事ばかりではあるが。ところで清河さんから沙汰はあるか？」

大河は気になっていることを聞いた。清河というのは、清河八郎《はちろう》である。日本橋《にほんばし》で刃傷沙汰《にんじょうざた》を起こし、幕吏に捕縛されるのを怖れ、江戸から逃げて久しい。

山岡は一度まわりを気にするように眺めてから声を低めた。

「しばらく音沙汰なしでしたが、いまは京にいらっしゃるようです」

「京に……」

大河は眉宇《びう》をひそめた。

「それまでは仙台《せんだい》や郷里の山形、そして西国に足を延ばされていたようです。それはさておき、清河さんは山本さんに世話になったので礼をしなければならないと、心苦しく思っていらっしゃるようです」

清河が逃げる際、大河は路銀の足しにしてくれといって有り金をわたしていた。

「そんなことは気にすることはない。それで京でなにをされているんだ？」

「よくはわかりませんが、あの方のことですから国の行く末を考えての活動をされているはずです」

「虎尾《こび》の会はどうなったのだ？」

その会は、尊皇攘夷の思想を発揚させるために清河が同志を募って作っていた。

「立ち消えてしまいました。しかたないことです。詳しくは申すまでもないことでしょう」

山岡は声をさらに低めてうつむいたが、すぐに顔を上げて大河をまっすぐ見た。

「山本さん、こんなところで話すことでないのはわかっていますが、もし、清河さんが江戸に戻ってきた折には力になってもらえませぬか」

大河は山岡を見つめた。おそらく清河が江戸に戻ってくるのがわかっているのだろう。

「それは匿《かくま》えということか……」

山岡はその問いには答えず、

「清河さんは、山本さんを高く買われています。同志になってもらいたいのです。わたしからもお願いします」

と言って目礼をした。

「同志になるならぬはここでは言えぬ。だが、言っておく。おれはまわりに振りまわされたくない。わかるであろう」

短い間があった。

道場は稽古《けいこ》をしている門弟たちの声で喧騒《けんそう》としているが、二人がいるその場所だけ静かな空気が漂っていた。

「いずれまたこのことは、ゆっくり話をさせていただけませんか」

大河は天下国家の話など興味がないから、遠慮すると言いたいが、他のことを口にした。

「まあ、時宜《じぎ》を見ての話だな。それより、どこぞに名のある剣術家を知らぬか？おぬしは幕臣だから顔が広いであろう。講武所の仕事もしておるし……」

「それは山本さんの試合相手ということでしょうか？」

「それ以外になにがある。武者修行をして気づいたのだ。強い剣術家は江戸に集まっていると。ところが、とんとそんな相手にでくわさないし、これといった者もあらわれぬ」

山岡は小さな吐息を漏らして視線を泳がせた。

「剣術は大事な修練のひとつでしょうが、いまの世の流れに敏《さと》い者はしばし剣術から離れているようです。わたしにはそう見受けられます」

「攘夷《じょうい》を声高に叫ぶだけでは、攘夷はできぬはずだ」

「むろんそうです。さりながら、迫っている国難をいかに乗り越えるかそのことを考え、よき方策を見出《みいだ》さなければなりません。大きな声では言えませんが、幕府はこのままではよくありません。そのことに気づいている諸国の志士が立ち上がっているのもたしかなこと。そんなこんなで心の余裕を失っているがゆえに、山本さんの力に見合う者が見つからないのでしょう」

なんだかうまくかわされた気がした。

「……おぬしも知らぬか」

「山本さんと立ち合いたいという者がいたら、真っ先に知らせることにします」

山岡は興醒《きょうざ》めた顔をして、そろそろ稽古をはじめると言って立ち上がった。

その場に残った大河は山岡の大きな後ろ姿を見ながら、

(誰も彼も国がどうの攘夷がどうのと、くだらん)

と、胸のうちで吐き捨てた。

大河の日常は平々凡々と過ぎていった。

しかし、周囲では騒々しいことが起きていた。

昨年、品川《しながわ》の東禅寺《とうぜんじ》に置かれたイギリス公使館が襲われたが、またもやこの五月に事件が起きたのだ。

公使館の警護についていた松本《まつもと》藩士が、自藩の出費が多いことや自分に対する公使館員らの不当な扱いに腹を立て、公使代理のジョン・ニール殺害を企図した。

暗殺は失敗に終わったが、阻止しようとしたイギリス兵二人を斬殺したうえで、自刃した。

大河は例によって徳次からその事件を教えてもらったのだが、日を置かずして、

「山本さん、今度は京都で薩摩の藩士同士が殺し合いをしたそうです」

と、言ってきた。

「おまえはどこでそんな話を拾ってくるのだ」

大河はその情報通にあきれたり感心したりだが、

「わたしはどういうわけかそんな話にめぐりあってしまうんですよ」

と、徳次は苦笑する。

「それで薩摩の藩士同士でなぜ殺し合うのだ？　仲間割れか？」

「詳しいことはわかりませんが、公武合体を進めているらしい島津《しまづ》某という重役が兵を率いて京に上られたのです。ところが、公武合体を阻む同じ藩の倒幕派の志士が寺田《てらだ》屋という旅籠《はたご》に集まっていることを知り、鎮撫《ちんぶ》の兵を送り込んだそうですが、そこで話がこじれて殺し合いになったというのでした」

「たわけたことだ。いつのことだ？」

「一月《ひとつき》ほど前に起きたようです。江戸も物騒になってきましたが、京はもっと物騒になっているようです」

「ちょいと殺し合いがあると、大袈裟《おおげさ》に言いふらすやつがいるからだろう。それで、二、三日来なかったがどこをうろついていたのだ」

徳次は日を置かず大河の家に顔を出すが、ときどきその慣例を破ることがあった。

「試衛館に遊びに行ったり、重太郎先生の供をして池田家のお屋敷に行ったりしていたんです」

「重太郎先生に頼まれたのか？」

大河はそれはめずらしいことだと思った。

「箱持ちが風邪を引いて寝込んだらしく、先生が供が足りないとおっしゃっていたので、それじゃわたしがと言ってごいっしょさせてもらっただけです。京で起きたことはそのときに聞いたんです」

「稽古はしているのか？　この頃道場であまり顔を見ないが……」

「稽古はやっております。山本さんとすれ違うことが多いのです。まあたまたまのことですが……」

言葉を切った徳次は、そこではたとなにか思い出した顔になり、膝《ひざ》を摺《す》って近づいてきた。台所ではおみつが雪を負ぶったまま夕餉《ゆうげ》の支度をしていた。俎《まないた》をたたく包丁の音が聞こえている。

「山本さん、いい相手がいるかもしれません」

大河は酒の入ったぐい呑《の》みを口許《くちもと》で止め、徳次のまるい顔を見た。

「いい相手……」

「へえ、練塀小路《ねりべいこうじ》に深見《ふかみ》某という人がやっている小さな道場があるそうなんですが、そこにめっぽう腕の立つ剣客がいると聞きました。たしか、三島九蔵《みしまきゅうぞう》という名だったはずです」

「強いのか？」

大河は目を光らせた。

「そういう噂です。なんでも無外流《むがいりゅう》の達人だとか……」

「練塀小路の深見道場だな」

大河は宙の一点に目を据え、明日にでも様子を見に行こうと思った。場合によってはそのまま試合を申し込んでもよい。

四

大河が徳次から聞いた深見道場に足を運んだのは、翌日の午後だった。

朝から江戸の空は鈍色《にびいろ》の雲に蓋《ふた》をされ、いまにも泣きそうな気配だった。そのせいか、町全体が陰気くさく感じられた。

神田佐久間《さくま》町、神田相生《あいおい》町の町屋を抜けると、いきおい武家地になり、下谷練塀小路と呼ばれる通りが南北に走っている。

大河は土地鑑がある。江戸に初めて来たときに、世話になった秋本佐蔵の屋敷を探すときにこのあたりをうろついて迷ったのだ。

そのことを思い出すと、急に懐かしさを覚えた。秋本佐蔵は最初の師であった。北辰一刀流の玄武館を紹介したのも秋本で、ずいぶん世話になったが、出会って間もなく他界してしまった。

冬《ふゆ》という娘がいたが、幕府勘定方《かんじょうかた》の旗本家に嫁ぎ、その後のことはわからない。

しかし、練塀小路に入ってすぐ気になる道場を見つけた。

一刀流中西《なかにし》道場である。大河が初めてのぞいた道場だった。竹刀を持って激しく打ち合っている門弟たちの様子を見て、これが江戸の道場かと興奮したことを覚えている。

しかし、いまの道場は静かである。格子窓越しにのぞくと、数人の門弟が素振りをしているだけで、三人の若い男が壁際に座ってなにやら話し込んでいた。

大河は道場をのぞき見ただけで足を進めた。しかし、深見道場は見つからないばかりか、道場らしき建物もない。

練塀小路ではないのかと思い、東側の通りを探したがそこにもない。ならば練塀小路の一本西側の通りではないかと思い、そちらに足を運ぶと、小さな道場らしき家があった。玄関に看板は掛けられていなかったので、遠慮しながら訪ねてみた。

閑散とした道場には四人の若い男がいて、二組にわかれ掛かり稽古《げいこ》を行っていた。しばらく様子を見て、門弟らの稽古がひと息ついたところで声をかけた。

「失礼つかまつる。こちらは深見道場でござろうか?」

若い門弟は互いの顔を見交わしたあとで、背の高い男がそうだと答えた。

「わたしは桶町千葉道場の山本大河と申す。こちらに三島九蔵という方がいらっしゃると聞き、伺ったのだがおいでだろうか？」

背の高い男が近づいてきた。

「千葉道場の山本様でございますか。これはまためずらしい方がお見えになった。ご用件は承《うけたまわ》ります。拙者は山尾《やまお》新助《しんすけ》と申します」

「三島九蔵殿がいらっしゃるなら、立ち合ってもらいたいのだが、なにぶん突然のことであるから急ぎはしないが、取り次いでもらえればありがたい」

「三島さんならいます。呼んでまいりましょう」

山尾という男は、上がって待っていてくれと言って道場の奥に消えた。大河は玄関から上がったすぐのところに腰をおろして待った。

道場は広くない。幅三間、奥行き四間ほどだ。片側は板壁で、もう一方にだけ窓が設けてあるだけだ。曇天も手伝っているのだろうが、道場は薄暗かった。

ほどなくしてさっきの山尾が二人の男を連れて道場に戻ってきた。

一人は初老の痩《や》せた小柄な男で、もう一人は中肉中背で色が黒く肩幅の広い男だった。総髪を束ね無精ひげだ。

「千葉道場の方ですか？」

見所らしき台の上に座った老人がそう言って、当主の深見栄五郎《えいごろう》だと名乗った。

「それでご用は？」

「こちらに三島九蔵殿とおっしゃる腕の立つ方がいると耳にいたし、差し支えなければ一度立ち合っていただきたいと思い伺ったのですが……」

「それがしが三島九蔵である」

炯々《けいけい》と光る目を大河に向け、品定めするように眺める。歳は三十前後だろう。

「かなりの腕だと耳にいたしました。突然訪ねてきて、試合をお願いしたいという無礼を承知でまいりました」

「すると、腕に自信があるということか……」

九蔵は見縊《みくび》ったもの言いをして、口の端に軽蔑《けいべつ》したような笑みを浮かべた。

「千葉道場と言えば、北辰一刀流。天下に名をとどろかしている大道場ではないか。なにゆえ、それがしと試合をしたいとおっしゃる。相手なら貴殿の道場に腐るほどいるであろうに」

「同じ道場の門弟とは飽きるほど稽古をし試合をしています。相手の力量も、どんな技を使うかも心得ています」

「山本殿、当家は無外流の道場であり、三島殿はその無外流を究めて江戸に見え、そして当道場で指南役をまかせています。山本殿にいかほどの腕がおありか存じませんが、間違って怪我をされても文句は言えませんぞ」

当主の深見栄五郎がかすれた声で言って、二度ほど咳《せき》をした。胸を患っているような咳だった。

「おっしゃるまでもなく心得ています」

深見は白髪交じりの眉《まゆ》を動かして言葉を足した。

「三島殿は駿州《すんしゅう》一円で名を馳《は》せた剣客。駿州において三島殿にかなう者はいなかったという御仁。それでも立ち合いたいとおっしゃるか」

「望むところです」

大河は三島九蔵を眺めた。武者修行の旅をしているが、駿州に立ち寄ったことはなかった。これは意外な相手が見つかったと、大河は胸をはずませた。

「三島殿、いかがされる？　受けて立たれますか？　相手は北辰一刀流千葉道場の方です」

「断ることはできますまい」

三島九蔵は余裕の体で、深見に応じた。

「山本殿、ずいぶん立派な体だからそれなりの力量がおありなのでしょうが、免許深見は心配しているのか、それとも大河を探っているのか、そんなことを聞いた。

「皆伝を授かっております」

深見の眉がまた動いた。

「三島殿、相手に不足はないようですな」

「ならば、早速に支度を……」

九蔵はそう言って壁際に行き、支度にかかった。

「道具（防具）はいかがされますか、山本殿」

深見が聞くので、

「面はいりませんが、籠手《こて》と胴を貸していただけませんか」

と答えた。

「面をいらぬとは、これはまたずいぶん自信がおありですな。三島殿、山本殿はさようにおっしゃっておるが……」

「ならば拙者も面はやめましょう」

「いや、三島殿はつけてもらったほうがよいと思います」

大河が注意を喚起すると、三島九蔵は如実に不快な顔をした。

「愚弄《ぐろう》するのか」

「いえ、万が一のことを考えて申したまでです」

「いらぬこと」

九蔵は竹刀をつかむと、床を蹴《け》るようにして立ち上がった。大河はそれを見てゆっくり立ち上がり、道場中央に進み出た。

五

「おりゃりゃあー!」

九蔵は竹刀を構えるなり胴間声を発した。中段の構えである。

対する大河は静かに竹刀を前に出した。同じく中段の構え。九蔵は勢いよく前に出ると、さっと左足を前に出し竹刀を右上段に移した。

大河は右足を後ろに引き、竹刀も後ろに引いた。相手から竹刀の動きが見えにくい構えだ。だが、正面はがら空きである。

九蔵は双眸《そうぼう》をぎらつかせ、歯を食いしばったように顎《あご》に力を入れている。じりじりと間合いを詰めてくる。上段からの打ち込みを見せたままだ。

大河は出方を見ることにした。無外流がどんな技を使うのかは知らないが、結局はどの流派にも大きな違いはない。勝ちを得るためには、相手より先に打つことだ。そのためには先に隙を見つけ、そこに電光の打ち込みをするだけである。自分の間合いを取っていれば、いかようにも受けられる。

「おりゃ！」

大河は短い気合いを発して、ゆっくり右足を前に送りながら中段の構えに戻した。瞬間、九蔵が面を狙って打ち込んできた。

大河は左足を前に出しながら、正面で九蔵の竹刀を受けた。九蔵は右足を引いて下がり、竹刀を上段に運び袈裟《けさ》懸《が》けに打ち下ろしてきた。

大河は左足を右前方に送り込んで半身の姿勢になった。このとき、自分の竹刀は右肩の背後にあり、九蔵の一撃を軽くこするように受け流していた。

そのせいで九蔵の剣尖《けんせん》は床につくほど落ちていた。大河の動きは速かった。半身の体を左へひねるなり、九蔵の面を打っていた。

「とーッ」

もちろん面をしていないので、寸止めである。九蔵は身動きできず、額すれすれにつけられた竹刀を見て、ぎらつく目を大河に向けた。

「むむっ……やるではないか」

負け惜しみとも取れることをつぶやき、ゆっくり下がり、さっと構え直した。

何本勝負かは決めていなかったが、大河は九蔵にまかせることにした。

間合いを遠く取った九蔵が歩み足で出てきた。竹刀は右肩の高さで、切っ先は後方である。このとき竹刀の柄《つか》をにぎる両手の間隔が大きく離れていた。

大河は眉宇《びう》をひそめてわずかに前に出た。それを狙ったように、九蔵が一気に詰めてくる。

大河も前に出た。同時に竹刀を右から袈裟に振り下ろした。九蔵がはじくように受け、竹刀を水車のように左へ回転させ、右面を狙って打ってきた。

大河は竹刀を合わせて防ぐと、さっと下段に移した。

瞬間、九蔵の竹刀が面を打ちに来た。これは予想外だったが、打ち込みはさほど速くないので、わずかに下がってかわした。九蔵は空を切った竹刀を、即座に引きつけて後じさった。

大河は体勢を整えて竹刀を構え直す。九蔵は一本取られたせいか、黒い顔を紅潮させていた。息も荒くなっており、額には汗を浮かべていた。

窓から吹き込んでくる風が、大河の体をかすめて流れていく。九蔵は駿州一円で名を馳せた剣客だというが、さほどの腕があるとは思えなかった。

「おりゃりゃあー!」

九蔵が気合いを発して構え直した。先ほどと同じように、竹刀を右肩の高さに運んだのだ。その竹刀は床とほぼ水平で、切っ先は後方に向けられている。つまり柄頭が大河の正面に向けられているのだ。それが無外流の特徴なのかもしれない。

大河ははっと息を吐き、臍下《せいか》に力を込めた。そのとき九蔵がするすると間合いを詰めてきて、右面を狙って打ち込んできた。大河は左へ打ち払った。ところがそうはならなかった。九蔵は打ち払われた自分の竹刀を、右足を踏み込みながら大河の右へ体を移し、そのまま背後にまわりこんで打ち込んできたのだ。

(あっ……)

大河は内心でしくじったと思った。

だが、打たれないように右足を軸にして回転し、九蔵の右側面に体をひねり移すなり、打ち込まれてくる竹刀をかわした。

「おおっ」

九蔵は驚愕《きょうがく》したように目をみはって下がった。

「これをかわすとは、ただ者ではない」

くぐもった声を漏らし、腰を落としてさっきと同じ構えを取った。大河はそのまま攻めに転じるべく前に出た。正面から打ち込んで勝負を決めるつもりだったが、振り下ろした竹刀を軽く打ち払われた。同時に、九蔵の体が背後にまわり込んでいた。

その俊敏な動作に、大河はひやりとした。脇の下に冷たい汗がにじむのがわかった。

だが、打たれはしなかった。九蔵の足の捌《さば》きを見るなり、右膝《みぎひざ》を深く折ってかわしたのだ。ほぼ片膝立ちの姿勢だった。そして、大河の竹刀の切っ先は、九蔵の喉《のど》にぴたりとつけられていた。

九蔵は竹刀を振りかぶったまま身動きできないでいた。額の汗が鼻の脇を通って顎につたい、ぽとりと床に落ちた。

「ま、まいった」

九蔵はさも悔しそうな顔をして負けを認めた。

「おぬし、強い。こんなに手強《てごわ》いとは思いもいたさなかった」

言葉を重ねる九蔵の目つきが変わっていた。さっきまでは大河を射殺さんばかりの眼光でにらんでいたが、負けたという諦念《ていねん》がわいたのか羨望《せんぼう》にも似た目つきになっていた。

「深見先生、お見苦しいところをお見せいたしました。申しわけございませぬ」

九蔵はその場に手をつくと、見所に座っている深見に頭を下げた。

「どうかお許しください」

顔に似合わず九蔵は涙声になっていた。

「山本殿が一枚上手だったということであろう」

深見はそう応じて大河に視線を向けた。

「山本大河殿、さすが千葉道場の方だけある。見事な勝ちっぷりでござった」

「いえ、三島殿はなかなかの練達者です。もう二番三番やったら勝負はわかりませ
ん」

大河は腰をおろして道具を外した。

「もしよろしければ茶でも飲んで行きませんか」

深見は誘ったが、大河は突然の無礼のうえに茶までいただくのは厚かましいと思い、丁重に断りを入れ、そのまま道場を出た。

表に出て、正直なことを胸のうちでつぶやいた。

（おれの相手ではなかったな）

しかし、無外流の技を少し見たというのはためになった。

神田広小路へ足を向けながら空をあおぎ見た。雨の降りそうな雲行きであるが、まだ我慢しているようだ。降られないうちに帰ろうと足を急がせたとき、

「お待ちを。暫時お待ちを」

という声が背後からかけられた。立ち止まって振り返ると、三島九蔵が裾前《すそまえ》を乱し、毛臑《けずね》をさらしながら駆け寄ってきた。

六

「いかがされました？」

大河が問うと、九蔵はしばらく荒い息をしながら言葉を選ぶような顔をした。

「その……」

「なんです？」

「話をさせていただけませぬか。折り入って相談があるのです」

「相談……。ま、いいでしょう。ではどこかその辺で話しますか」

大河はそう言って、目についた茶屋に入った。雨がいまにも降りそうな気配なの

で、表ではなく店のなかにある床几《しょうぎ》に腰をおろした。

小女が注文を取りに来ると、茶を注文したが、九蔵は酒を所望する。

「それがしは話が下手なので……」

言いわけにならないことを口にして、苦笑する。茶と酒が届けられると、

「相談というのは……？」

大河は九蔵を見た。

「あの道場はやめることにします」

「…………」

「それがしは、駿州は掛川《かけがわ》城に近い細田《さいだ》村の出です。剣術は十三のときから、隠居をしていた掛川の殿様のご家来だった長谷《はせ》甲右衛門《こうえもん》という方から手ほどきを受けました。長谷様はそれがしが十五のときに亡くなられ、それがしは食うや食わずの暮らしをしながら生きてきました。大井《おおい》川で人足をやり、それができないときは草鞋《わらじ》を編んでの往還稼ぎです。それでも剣術だけは、長谷様から教わったことを繰り返し稽古《けいこ》をしました。二十歳になったときに、城下の道場で試合があったので出てみたら、負け知らずでした。それでそれがしは三島《みしま》や沼津《ぬまづ》あたりまで足を延ばし、道場を見つければ試合を申し込み、勝ちつづけました」

九蔵は身の上話を延々とつづけた。途中で酒が足りなくなり追加をして話をする。大河は途中から退屈になり、九蔵に合わせて酒を飲んだ。

九蔵はたまたま試合に勝っていい気になったが、掛川城下の道場で闇討ちをかけられ大怪我をして、三年ばかり刀を持てない体になった。それからは食うや食わずの貧乏暮らしがつづき、体が元に戻ったのは二十六のときだった。

剣術から遠ざかっていたが、もう一度一からやり直し、三十になって自信を得て遠江《とおとうみ》にある道場を訪ね歩いて試合三昧《ざんまい》の暮らしをしていたが、だんだん相手がいなくなり江戸に出てきたと語った。

「深見道場の食客になられたのは、どうしてです？」

「話せば長くなりますが……」

九蔵は十分長い話をしているくせに、酒を嘗《な》めるように飲みながら話す。

江戸に出てきたはいいが、持ち金がなくなったので道場破りを考え、それで最初に訪ねたのがたまたま深見道場だったと言う。

「それがしが遠州《えんしゅう》一円で暴れてきたことを深見先生に話しますと、しばらくこの道場で寝起きをして門弟の指南をしてくれと頼まれたのです。先生はもう年ですし、体も思うように動けません。それで、それがしが指南役として世話になったというわけで……」

九蔵は酒で濡《ぬ》れた唇を指でこすって自嘲《じちょう》の笑みを浮かべる。少し酔ってきたのか、目が赤くなっていた。

「苦労が多かったようですな」

「苦労つづきです。それで山本さん、お願いがあります」

急に九蔵はあらたまり、

「それがしを弟子にしてください」

と、頭を下げる。

大河が返事をしないでいると、床几から下りて土下座をしようとした。

「おやめくだされ」

大河は九蔵の肩をつかんで床几に座り直させた。

「わたしは千葉道場で師範代の仕事をしています。その気があるなら道場に来ませんか」

「へっ……」

九蔵は目をまるくした。いいのですかと聞く。

「金はありませんよ。正直なところ、玄武館も千葉道場も士学館も練兵館も知っております。ですが、それがしは百姓の出です。刀は若いときに長谷先生からもらったものです。侍面をして大小を差していますが、百姓にもなれない浮浪人です。そんな男が天下に名のある道場の門などたたけはしません」

「三島さんに似たような門弟は少なくありませぬよ。かく申すわたしも、百姓の出です」

「まことに……」

九蔵は目をぱちくりさせた。

「千葉道場には町人の子弟もいれば、百姓や職人の子弟もいます。試衛館という道場の門弟の多くは百姓の出です」

「ほんとうですか。知らなかった」

「三島さんは侍になりたいのですか？　それとも剣術で身を立てようと考えておられるのですか？」

九蔵は急に深刻な顔になり、短く足許《あしもと》に視線を落としたあとで顔を上げた。

「それがしは侍が嫌いです。わしをいいように足蹴《あしげ》にして小突きまわしやがった。百姓が物乞いがと、胸くその悪くなることを罵《ののし》り、わしを宿なし犬のように扱いやがった。見返してやりたい、仕返しをしてやりたい。だから剣術を習ったんです」

九蔵は地を出した。

「強くなれば馬鹿にされることはない。侍も強いやつには尻尾《しっぽ》を巻く。だから強くなりたいのです」

酒で少し目が赤くなっているが、九蔵は真剣な眼差《まなざ》しを向けてきた。大河はこの男が好きになりそうだった。

「ひとつ聞きますが、いま世間では尊皇攘夷《じょうい》だ公武合体だと言う者がいます。三島さんはどう思われます？」

「わしには関係のないことです。言いたいやつには言わせておけばいいんです。わしは侍に馬鹿にされない男になり、三度三度の飯が満足に食えれば、それで十分です。異国がどうの幕府がどうのというのは、わしみたいな馬鹿にはよくわからんのです」

大河はふっと口許をゆるめた。

「三島さん、わたしも同じ考えだ。どうやらお互い馬が合いそうだ。河岸を変えて飲み直しましょう」

七

三島九蔵は翌日、正木町の大河の家にやってきた。

「深見道場には世話になりましたが、きっぱりやめてきました。これからは山本さんについていくと決めました」

九蔵はおみつに挨拶《あいさつ》をしたあとで、晴れ晴れとした顔で言った。戸惑い顔をするのはおみつである。

「心配はいらぬ。三島さんは徳次の家にしばらく居候をしてもらうことになっている」

大河はおみつにそう言って、昨夜徳次には話をしたと付け足した。

「でも、徳次さんは……」

おみつは安堵《あんど》の色を浮かべて、徳次の心配をする。

「あやつはかまわぬと言っている。それに独り暮らしで、家でじっとしている男ではないし、三島さんはなかなかの腕を持っておられる。徳次のためにもなろう」

「あのお、わしのことは九蔵と呼び捨ててください。それに三島という苗字《みょうじ》は、勝手につけただけなんです。一皮剝《む》けば水呑百姓の倅《せがれ》なんですから」

　お願いしますと、九蔵は頭を下げる。

　その日のうちに大河は九蔵と徳次を引き合わせた。

「山本さんの頼みなら断れませんし、三島さんはかなりの腕だと聞いてもいます。わたしにもご指南のほどを……」

　徳次が頭を下げれば、いやいやと、九蔵は手を振って、

「わしは山本さんに軽くあしらわれ、手も足も出なかったへっぽこです。千葉道場のご門弟に指南などおこがましくて……」

　と、照れ臭そうに笑う。

　大河はその後、九蔵をどう扱うかを考えたが、道場にそのまま連れて行くわけにはいかない。九蔵はほとんど文無しで、束脩《そくしゅう》も払えない。ならば、おれの内弟子になれと、あっさりと引き受けた。

　九蔵は大いに喜んだ。さらに、徳次の実家の吉田屋は人手が足りないというので、九蔵は雑用掛として臨時に雇われることになった。

　江戸は梅雨の時季を迎え、しばらく雨の日がつづいた。長雨が去ると、からっと空は晴れわたり、蟬が鳴き出し、あっという間に暑い夏を迎えた。

九蔵は吉田屋で配達の仕事を請け負っており、夜になると徳次といっしょに大河の家にやってきて酒を酌み交わし、また暇なときには大河の指導を受けるようになった。

九蔵はある程度の腕があるし、歳のわりには呑《の》み込みが早く、徐々に腕を上げていった。徳次と狭い庭で組太刀をやらせると、日増しに動きがよくなる。

「山本さん、九蔵さんを一度道場に連れて行ったらいかがです」

徳次にそう言われる前に、大河はそれとなく重太郎や馬之助に九蔵のことを話していた。重太郎は大河が見所があると思うなら連れてくればよいと言ってくれたし、馬之助も一度立ち合ってみたいと興味を示していた。

そして、大河が九蔵を桶町の道場に連れて行ったのは、八月に入ってのことだった。正式な入門ではないが、大河から話を聞いていた者たちは、道場にあらわれた九蔵に好奇の目を向けた。

「馬之助、一度立ち合ってみるがよい」

大河は馬之助に声をかけ、九蔵と試合をさせた。

勝負はしばらく五分と五分であったが、結果的には馬之助が先に三番を勝って、九蔵は負けを喫した。

「千葉道場のことは知っておりましたが、わしは井の中の蛙《かわず》でした。江戸には強い人が多い。もっともっと修練します」

九蔵は黙っていれば不遜《ふそん》な面構えで、相手に威圧感を与えるが、見かけによらず素直な男なので、はるかに年下の馬之助にも平身低頭する。

「切り返しから裏にまわり込まれる動きにはひやりとしました。すぐにできる技ではありませんよ」

馬之助が九蔵の技に感心するように、大河も同じことを感じていた。打ち込みにきた相手の竹刀を、柄《つか》を上に切っ先を下方に向けて受け、そのまま体をひねりながら相手の裏にまわり込む呼吸は絶妙である。真似をしようとしてもすぐにできることではないので、大河はその動きを自分のものにしようとひそかに稽《けい》古《こ》を積んでいた。

かしましい蟬の声に包まれた江戸の暑さも少しやわらいだ頃、大河は山岡とお玉ヶ池で会ったときに、

「清河さんが江戸に戻って見えます。一度お会いになりますか？」

と、耳打ちされた。

「清河さんは、山本さんにどうしても礼を言わなければならぬとおっしゃっていま

す」

「おれは恩を売ってはおらぬ。礼など気にすることはないのだ。だが、いつ戻って見える？」

「京を発《た》つ前に手紙をもらったので、早ければ四、五日後だと思います」

「礼などいらぬが、顔は見たい。戻られたら教えてくれ」

清河八郎にとくに関心があるわけでも、教えを請うわけでもないが、なぜか大河の心に引っかかる男である。顔だけでも見たいというのは本心だった。

「大変です。またもや刃傷です」

そう言ってきたのは、例によって徳次だった。大河がお玉ヶ池から桶町の道場に戻ってすぐのことだった。

「まさか門弟が絡んでいるのではなかろうな」

大河は真っ先にそのことを心配して、徳次をまじまじと見た。

第三章　策　謀

一

「なんでも薩摩の島津様が江戸から京に戻られるときのことだったらしいのです。イギリス人の乗った馬が島津様の行列を邪魔したので、斬り合いになったのです」

「島津様というのは殿様か？」

「そうでしょう……」

徳次は自信なげに言うが、島津久光《ひさみつ》は藩主の茂久《しげひさ》（実子）に代わり実権をにぎり、藩内に絶大な影響力を与えていた人物であった。藩内には「副城公」と呼ぶ者もいた。

だが、徳次はそんなことは知らない。

「とにかく、馬に乗った四人のイギリス人が二百人か三百人の行列に、突っ込んでいったのでそりゃあ騒ぎになってあたりまえでしょう」

「どこでのことだ。この近くか？」

「横浜《よこはま》の生麦《なまむぎ》という村だと聞きましたよ。東海道《とうかいどう》筋です。斬り合いで十人も二十人も死んだらしいんで大騒ぎです」

「死んだのは島津様のご家来だったのか……」

「でしょう」

「無礼をはたらいたイギリス人は四人だったのだろう。たった四人の相手に十人も二十人も殺されたのか」

大河は信じられなかったが、異人は鉄砲を持っている。斬り合いになっても、相手が鉄砲を使えば、二十人の死者が出ても不思議はなかった。

「それにしても殺されすぎだ。徳次、いったいどこでそんな話を聞いてくるのだ」

以前から気になっていることだった。徳次が耳聡《みみざと》いのはわかっていたが、話の出所がよくわからなかった。

「日本橋の須原《すはら》屋をご存じでしょうが、あの店に次助《じすけ》という幼なじみがいるんです。そやつがわたしの実家に遊びに来てはあれこれ話していくんですよ」

大河はなるほどそういうことだったかと、いまさらながら納得した。須原屋は日本橋室町《むろまち》にある本屋で、瓦版屋《かわらばんや》が出入りしている。些細《ささい》なことを面白おかしく、庶民の気を引くような記事を書いて売り出している。

しかし、徳次が聞いた話は大袈裟《おおげさ》で、実際は死人は一人で、二人が怪我をしているだけだった。それもいずれもイギリス人だと後で判明したが、この事件は尾を引き、のちの薩英《さつえい》戦争のきっかけになったのだった。

大河がそんな話を聞いて数日後のことだった。

朝稽古で一汗流して体を拭《ふ》いているとき、道場の玄関にふらりと姿をあらわした男がいた。道場は門弟の声と竹刀のぶつかり合う音、そして表から聞こえてくるかしましい蟬の声で騒然としていたが、玄関にあらわれた男は声を張った。

「坂本《さかもと》です。坂本龍馬《りようま》、土佐《とさ》より先ほど江戸に着きました！」

汗を拭くのに余念のなかった大河は、玄関のほうを見た。すでに龍馬は道場に上がり、ずかずかと見所の近くにいる大河を見つけ、そばにやって来た。

長旅をしてきたらしく真っ黒に日に焼けていた。首の後ろに振分荷物をまわしているだけの軽装である。もっとも袴《はかま》と羽織は旅塵《りよじん》にまみれ、汗染みで黒くなっていた。

「山本さん、ご無沙汰《ぶさた》をしております。お達者そうでなによりです」

「おぬしだったか。もう江戸には来ないと思っていたが……」

大河は腰をおろした龍馬に体を向けた。

「ひとまず行く場所がなかったので江戸にまいった次第です」

「行く場所がないとはどういうことだ？」

「脱藩してきたんです」

「は……」

大河は目をしばたたいた。龍馬はにこにこ笑っている。

「話せば長くなりますが、わたしはいよいよ回天の志士になりますよ。土佐にいてもなにもできませんからね。それに京には諸藩の志士が集まっています」

龍馬はなにかを吹っ切った顔をしていた。

「脱藩をして回天の志士になると言うが、いったいどういうことだ？」

龍馬は膝《ひざ》をすって体を乗り出してきた。

「山本さん、この国はいよいよ変わらなければなりません。攘夷《じょうい》も結構ですが、幕府は傾いています。お上も昔のように諸国を差配することはできぬのです。諸藩は立ち上がっています。それも外様《とざま》の大名家が腰を上げているのです。じっとはしておれませぬ」

「ちょっと待て。立ち上がるとか腰を上げるとか言うが、いったいなにをしようというのだ。おれにはおぬしらの言うことが、よくわからんのだ」

「いまにわかりますよ」

龍馬は目を細めてうなずき、重太郎はいるかと聞いた。

「先生は藩邸だ」

「池田家の上屋敷ですね。いつお戻りです？」

「さあ、夕刻であろうか。おかげでおれと馬之助で門弟の面倒を見なければならん。しばらくいるのだったら手伝ってもらいたいものだ」

「手伝いたいのは山々ですが、わたしは忙しいのでゆっくりできぬのです。そうですか先生は夕刻にお戻りなのですね。では、またあらためて伺うことにいたしましょう」

龍馬がそのまま立ち上がったので、「おい」と大河は呼び止めた。

「剣術はやっているのか？　この道場に来たからには修行に来たのであろう」

「剣術はやっております。やっておりますが、いまは他のことで忙しいのです。山本さん、またまいります」

ではと言って、龍馬はそのまま道場を出て行った。

「なんだ、あやつ……」

大河は龍馬の後ろ姿を見てつぶやいた。

二

小石川《こいしかわ》の山岡鉄太郎の屋敷に清河八郎が、ひそかに訪ねてきたのは、八月の末であった。

玄関からではなく裏の勝手口から入ってきた。前以《まえもっ》てそういう連絡をとりあっていたからであった。

そのとき山岡は奥の書斎で、いまかいまかと首を長くして清河を待っていた。庭に人の気配を感じた山岡は、文机《ふづくえ》に開いていた本を閉じ、静かに障子を開いた。行灯《あんどん》のあかりが表にこぼれ、男の顔を薄く照らした。

「ご無事でしたか。ささ、お上がりください」

山岡は清河と向かい合って座ると、なにはともあれ無事であったことを喜んだ。

「さほどの心配はいらぬよ。わたしと石坂《いしざか》には近々赦《ゆる》しが出るはずだ」

長い逃亡生活で窶《やつ》れているのではないかと、勝手に心配していたが、清河はいたって達者そうであるし落ち着いていた。

「赦しが出るのはまことで……」

清河は一年と三月《みつき》ほど前、日本橋で幕吏に因縁をつけられ、それに腹を立てて相手を斬ったのち逃亡生活に入っていた。

「あれは罠《わな》であったのだ。あの頃、わたしは貴公らといっしょに虎尾の会を立ち上げたばかりだったが、お役所（町奉行所《まちぶぎょうしょ》）に目をつけられていた。そんな頃に井伊大老が襲われ、ますますお上の目が厳しくなった。まあ、こんなことは詳しく申すまでもないこと」

言葉を切った清河は、山岡の差しだした酒に手をつけた。

「まさかわたしを疑っていないでしょうね」

山岡は幕臣の身である。虎尾の会の半数と清河の身内は捕縛され、牢《ろう》送りになっていた。しかし、山岡は難を逃れていた。もしや、自分のことを間者と疑われたのではないかと危惧《きぐ》していた。

「疑っておれば沙汰などするはずがなかろう。案ずることはない」

清河は酒に口をつけて口の端に小さな笑みを浮かべた。

「それで赦しが出るとおっしゃいましたが……」

「九州から長州、そして京に行っていた。その間に福井の松平《まつだいら》春嶽《しゅんがく》様にお目通りがかない、わたしの考えをよくよく吞《の》んでもらった。春嶽様は先般、将軍後見職に就かれた。わたしの意を汲《く》んでおられるので赦免はほぼ間違いなかろう」

山岡はこういった清河の行動力を伴った処世術に内心驚かされる。

「それで、京はどうなっておるのです。話には聞いていますが、さて、どこまで信用してよいものやらよくわからぬのです」

「さもありなん。京は近いようで遠い。伝え聞く話には、おそらく大なり小なり尾《お》鰭《ひれ》がつく、あるいは真実から離れたことをもっともらしく言う輩《やから》もいる。いや、一言で申せば、京は荒れている。どういうことかと言えば……」

清河は静かな声で話を継いだ。

それは朝廷と幕府の話からはじまった。この春、将軍家に和宮姫が嫁いだが、これには朝廷側と幕府側にそれぞれの思惑があってのことだ。

幕府は公武合体をはかり、孝明《こうめい》天皇を退位させるという狙いがある。あくまでも幕府の権威を守りたいという考えだ。

一方朝廷側も優位に立ちたい思いがある。よって天皇は幕府に破約攘夷と、国家にとって重大な問題には朝廷の許しを得よと約束させた。

「されど、通商条約は結ばれ、すでに交易も行われています。すぐに破約とはならないのではありませんか」

「そのとおり。条約破棄は難しいであろう。しかし、幕府は十年以内に条約破棄を、武力を行使してでも実行すると約束した」

「一口に条約破棄と言っても、諸外国は納得しないでしょう」

「だから朝廷は、あくまでも攘夷を決行する肚《はら》だ。そのためには幕府頼みではならぬ。現に京には尊皇攘夷を貫こうとする長州や薩摩、あるいは土佐の浪士たちが集まっている。それが為に京の治安はすこぶる悪くなっている。京都所司代《しょしだい》が取締りをしているが、らちがあかぬ。そこで朝廷は薩摩の島津久光様を頼りにされた。久光様は藩主の後見職ではあるが無位無冠だ。この夏、久光様は江戸城に入られ朝廷の名のもと幕政改革を迫られた」

「そのことがあり、ご老中の安藤対馬様と久世大和《くぜやまと》様はお役御免です」

「ご老中がお役を外されたのは存じていますが、その裏に朝廷の工作があったとは……」

山岡は幕臣ではあるが、幕府上層部でなにが起こって、なにが話されているかということまで知る身分ではない。

「島津様を介して幕府に突きつけられたのは、将軍家茂様の上洛《じょうらく》、薩摩・長州・土佐・仙台・加賀《かが》の各藩に大老職を与えること、そして松平春嶽様が大老職に任じられ、将軍後見職になることだった」

それでは、安藤・久世両老中の面目は丸つぶれである。罷免されるのもいたしかたないことだ。

「それで清河さん、これからどうされるおつもりです？」

山岡は話題を転じて清河を眺めた。

「そなたの力を借りたい」

山岡は清河をまっすぐ見た。

「考えていることがある。上様が上洛されるときに合わせ、その警護のために京に上る。京の治安は乱れている。その取締りにもあたる」

「虎尾の会を連れていくとお考えですか。それはもうできませんよ」

清河の妻も弟も、そして虎尾の会の多くが牢に入れられ、そして命を落としていた。

「わかっている。新しく人を募る。それは浪士だ。諸国の藩士でもよし、浪人でもよい。志ある者を募る。その手伝いをしてくれぬか」

清河は真剣な目を向けてきた。その双眸《そうぼう》に燭台《しょくだい》の炎が映り込んでいた。

「腕に覚えのある者を一人でも多く集めたい」

「佐幕派を封じるのですね」

「それだけではないが……」

そう答えた清河は冷や酒を飲んでから、山岡をまっすぐ見た。

「山本大河を連れて行きたい。あの者は元気であろうか？」

「相変わらずです。しかし、山本さんは尊攘にはまったく関心のない人です」

「あの男は一人で五人も十人ものはたらきができる。口説き落としてくれ。それから試衛館の近藤さんも頼りにしたい」

「……折を見て話してみましょう。清河さん、赦しが出るとおっしゃいましたが、それまでいかがなさいます。江戸にいるのは得策ではありませんよ」

「水戸へ行く。その間に大赦が出るはずだ」

清河は酒を飲みほした。

三

山岡はしばらくの間、逃亡中の清河を自宅屋敷に匿《かくま》っていたが、幕府目付《めつけ》や町奉行所の目があるのを警戒しなければならなかった。それだけではなく山岡の家には、元虎尾の会の残党や志を同じくする者が日を置かず遊びに来る。

そんな者たちのなかには口の軽い者もいる。また、同志を装って幕吏と通じていそうな胡散臭《うさんくさ》い者もいた。

「そろそろ潮時だ。世話になった。沙汰《さた》は絶やさぬようにいたすゆえ、この先のことしかと頼んだ」

清河がそう言って水戸に発《た》ったのは、九月に入って間もなくのことだった。山岡は清河が屋敷にいる間に、西国や京の様子を詳しく聞いていた。

回天の気運は、どうやら京より西のほうにある諸藩で高まっているようであった。とくに長州と土佐、そして薩摩がその代表格と言ってよかった。

それにしても清河の旺盛《おうせい》な行動力には驚かされた。逃亡中の身でありながら、行く先々で同志となる者を集め、かつ気脈を通じさせ、孝明天皇に建白書を出してもいた。これは天下の義人を集め、幕府主導の政治体制から朝廷へ政権を返還させるという趣旨であった。

（いかにして天皇家と関わられたのか？）

山岡は疑問だったが、清河は福井の松平春嶽と通じていたのだ。春嶽は日米修好通商条約の締結には勅許《ちょっきょ》を得るべきと主張し、将軍継嗣問題でも幕府と対立したがために、隠居謹慎中であった。

そんななか、尊皇攘夷《じょうい》を断行するには、先《ま》ずもって幕政の改革が必須《ひっす》だという清河の建言書を目にし、対面の席が設けられた。春嶽と天皇家には繋《つな》がりがあり、その関係で清河は天皇に建白書をわたしていたのだった。

だが、山岡は清河の考えとその行動力に感心すると同時に、微妙な齟齬《そご》も感じていた。清河は尊皇攘夷を主張しながら、強い倒幕の意識がある。幕臣である山岡は幕政改革には賛成であっても、倒幕の考えは持っていなかった。ここは、あくまで幕府を朝廷に従属させたうえで挙国一致朝命をもって国難にあたるべきだと考えていた。

清河が水戸に去ってしばらくのち、山岡は土佐を脱藩して江戸に来ていた坂本龍馬と会う機会があった。

龍馬は土佐と長州の志士たちを糾合しており、攘夷を強く唱えた。

「攘夷はわかる。されど、開国はやむなきことだった。攘夷を決行するのはなかなか難しいことだ」

山岡は幕府の内情を少なからず理解しているので、やんわり言葉を返す。

「難しいからやらぬでは、先には進めませんよ」

「やらなければならぬことはわかっておるが、ものには順序がある。まずは天皇家と幕府の意思の疎通を図らなければならぬ。攘夷は朝命を奉じ、そのもとで幕府が采配《さいはい》を振り諸藩を糾合し、挙国一致でことにあたるべきであろう」

「そうできれば徳川《とくがわ》の面目も立ちましょうが、いまや幕府は頼りにできません」

「幕政の改革は行われた。それは知っておろう」

「むろん存じていますが……さて、どうなるものやら」

幕政の改革によって人事が一新されていた。

若い家茂の後見として徳川慶喜《よしのぶ》が就き、松平春嶽は新設の政事総裁職《せいじそうさいしょく》に、大久保《おおくぼ》一翁《いちおう》が御側御用取次《おそばごようとりつぎ》、勝海舟《かつかいしゅう》が軍艦奉行並《ぐんかんぶぎょうなみ》に抜擢《ばってき》されていた。

しかし、この改革人事に龍馬はどうも懐疑的な顔をした。

「尊皇は然《しか》るべきことであるが、攘夷の道は険しい。わたしは拙速な行動は慎むべきだと考えておる」

「肝に銘じておきます」

山岡が龍馬と話したのは、それが最後だった。

それからしばらくのちに、山岡は山本大河と会った。桶町の千葉道場に足を運んでもよかったが、使いを出してお玉ヶ池の玄武館に呼び出し、近くの小料理屋で一献傾けた。

最初は世間話から入り、互いの近況を話したが、

「それで山岡、いったいなんの話をしたいのだ？」

と、大河は真面目な顔を向けてきた。

「清河さんは近いうちに大赦を得られ、晴れて自由の身になられる」

「それは目出度《めでた》いことだ。どういう手妻を使われたんだ？」

「福井の松平様をご存じですか？　いまは幕閣の中枢におられ、政事総裁職に就かれていらっしゃる。その松平様のはたらきがあるのです」

「ほう。清河さんはそんな方と顔がつながっておるのか。おれには考えも及ばぬことだ。さすが学のある方は違うな」

大河は手酌で酒を飲む。

もう二人で五合はあけていた。山岡も酒豪であるが、大河も負けず劣らずだ。酒量のわりには酔っているふうでもない。

「清河さんは新しく会を発足される。その折には是非にも山本さんの力を頼りにしたいとおっしゃっています。国は動いています。国体を変えるときが来ているのです」

「それは攘夷をやるということか。重太郎先生も、近頃は政事かぶれされ、攘夷を遂行し天下を一新しなければならぬと豪語される。脱藩してきた土佐の坂本もそんなことをひどく真面目顔でのたまうようになった。剣術そっちのけだ。おれにはわからん」

「山本さん、日本は神国であり、武の国でもあります。その国にやってきた異国が幕府と朝廷を押しつぶそうとしているのです」

「どうやってつぶすのだ。そんなことがあってたまるか」

大河は杯をあおって、どんと折敷《おしき》に置いた。

「山岡、異国が来ているのは知っている。横浜にも品川にも棲《す》みつき、知らず知らずのうちに城下まで迫ってきている。それは幕府がだらしないからだ。そうではないか」

「たしかに幕府は異国に阿《おもね》っているところはありますが、先に結ばれた条約を破棄する動きをしています」

「アメリカもイギリスも泥棒だ。そうではないか。他人の家にずかずかと入ってきて、居座り、そして食い物をよこせ、金をよこせと言い、よこさなければ暴れてやると脅しているようなもんだ」

「よくわかっていらっしゃる」

「わかっていらっしゃる、じゃない。おれはそういう異国が嫌いなんだ。そして、それを許しているだらしない幕府も不甲斐《ふがい》ない」

山岡はまさか大河がそんなことを言うとは思っていなかった。

「おれは政のことはわからん。わからんが、肌で感じるものはある。それに近所の者たちもそんなことを言っておる」

「すると山本さんも攘夷派ですな」

「攘夷とか尊皇とか、そんなことではない。攘夷をするためには、この国を守るためにおのれを鍛えるしかなかろう。一人ひとりがその気になれば、もっと剣術に打ち込むはずだ。剣術だけとは言わぬ。槍術《そうじゅつ》もあれば柔術もある。幕府の鉄砲方は、その腕を磨くことに一心にならなければならん」

「それはわかります」

「わかっているなら、攘夷だ尊皇だという前に、おのれを見つめておのれを鍛えるべきではないか」

「たしかに……」

山岡は、やはりこの男を説得するのは難しいと思った。天下国家の前に、まずは自分があるのだ。そして、自分のやることは剣術の腕を磨くことしかないと考えている。

「国が滅びるかもしれないと考えたことはありませんか」

「ない」

「もし、国が滅びることになればいかがされます？」

「その前に戦うだろう。戦って勝つために、おのれを錬磨するしかない。おい山岡、おれはこういう話は嫌いだ。つまらん。こういう話は他でやってくれ」

「そうですね」

山岡は引き下がった。だが、最後にひとつだけ言葉を足した。

「清河さんがつぎに動かれるとき、付き合ってもらえませんか？」

大河は部屋のなかに視線をぐるりとまわした。その顔は行灯《あんどん》のあかりに染まっていた。

庭ですだいている虫の声が障子越しに聞こえてきた。

「まあ、考えておこう」

大河は残りの酒を飲みほし、話はこれで終わりだという顔をした。

四

江戸は紅葉の季節を迎えていた。江戸城の欅《けやき》や銀杏《いちょう》が色づき、楓《かえで》も紅葉していた。

大河の暮らしは以前と変わることがなかったが、道三郎と話をした折に、新たに自分の相手を見つけていた。

それは一刀流中西道場の浅利《あさり》義明《よしあき》だった。これまで中西道場の評判は耳にしても、距離を置いていた。それは、北辰一刀流の宗家である千葉周作と中西道場の関係があったからだった。

周作はかつて中西道場の門弟で、師の浅利義信《よしのぶ》の姪《めい》・かつを娶《めと》ったのち、義信と意見の食い違いから独立し、北辰一刀流を創始していた。

よって、千葉家と中西家には溝があり、玄武館において中西派一刀流の話は出ることがなかった。もっとも玄武館がめきめきと頭角をあらわし、江戸一番の大道場に発展したということもある。

大河も中西道場のことは知っていたが、すぐれた剣術家がいるという話は聞いていなかった。重太郎も道三郎も、中西道場の話をしなかったという経緯《いきさつ》もあった。

しかし、中西道場の話が出た。

それは、いつものように大河が道場での稽古《けいこ》と指南を終えて自宅に帰ってすぐのことだった。帰りを待っていたかのように九蔵がやってきて話したのだ。

「中西道場の当主は相当の腕前だという触れ込みです。なんでも門弟の誰一人として浅利さんの技を受けきれる者はいないらしいのです」

「それは聞き捨てならん。どんな技が得意なんだろう？」

「聞いた話ですが、小手の裏を打つ技は他人に真似できないらしいです」

「小手裏を打つ……」

大河には想像できない技だった。いきおい興味を持ち目を光らせた。

「山本さんなら相手ではないと思いますが、一度立ち合ってみるのは面白いと思うんです」

「おぬしはその浅利殿の試合を見たことがあるのか？」

九蔵はないと首を振った。
「よし、試合を申し込んでみるか。早速伺いを立てたいが、おぬし……」
大河は言葉を切った。九蔵では使いにならないと考えたのだ。九蔵は無粋である
し、使いには適していない。
「徳次に頼もう。やつはどこだ？」
「家にいます。わしは店に行かなければなりませんので、家に寄って言付けておき
ます」
九蔵は吉田屋の手伝いをつづけていた。
「頼む」
九蔵が家を出て行くのと入れ替わりに、買い物に出かけていたおみつが雪を負ぶ
って戻ってきた。
「表で九蔵さんに会いました。これから店に行くとおっしゃってましたわ」
「いままでここにいたのだ。雪はおれがもらおう」
大河は立ち上がっておみつが背中から下ろした雪を受け取った。生まれてようや
く一年になろうとしている雪は、元気に育っていた。はいはいから伝い歩きをする
ようになっており、大河がおどけた顔をして声をかけると、嬉《うれ》しそうに笑う。

道場での仕事を終えての楽しみは、雪の顔を見ることだった。抱っこをして庭を歩いては空を見せ、木の葉を触らせ、鳥が近くにいれば、雀だ目白だ烏だと教えてやる。雪はその度にもの珍しそうに目を注ぐが、すぐに大河に顔を戻して笑うのだった。

「こんにちは。お邪魔します」

雪と遊んでいると徳次がやってきた。

「九蔵さんから聞きましたが、中西道場に行くのですね」

徳次は座敷に上がってきて、大河の前に座った。風は冷たくなっているが、縁側の障子は開け放してあるので、夕餉《ゆうげ》の支度をしているらしい近所の竈《かまど》の煙が漂っていた。

「浅利義明という当主だ。九蔵から話を聞いたが、いかほどの腕かはわからぬ。おまえは知っているか？」

「なかなかの腕だと聞いたことはありますが……」

「他流試合はやらぬのかな？」

「それは伺ってみないとわかりませんね」

「試合の申し込みがなくて久しいので、こちらから申し込んでみようと思うのだ」

「申し込みがないのは山本さんの腕が上がっているからですよ。やっても勝ち目のない人と立ち合おうと思う人はいませんからね」

「試合はやってみなければわからぬ。それを怖れては修行にならぬだろう。江戸には腰抜けしかいないのかと思ってしまう」

「いるにはいるんでしょうけど、いまは剣術より尊皇攘夷《じょうい》に走る人が多いせいかもしれません」

「尊皇攘夷と騒ぐのは勝手だが、刀を腰に差した武士が剣術をおろそかにするのはいただけん。いざというときに刀を使えないようでは、異人とわたりあえんだろうに」

「まあ、そうでしょうが、ちょいと気になることがあるんです」

徳次は一度台所にいるおみつを、ちらりと気にするように見てから声をひそめた。

「なにが気になると言う？」

「九蔵さんです。ときどき二、三日家を空けることがあるんですが、戻ってきたときに着物が破れていたり、汚れていたりするんです。どういうわけでそうなったかは聞いていませんが、この前着物に黒いしみがあったんです。よく見ると血だとわかりまして、九蔵さんが厠《かわや》に行っている隙に刀をあらためると、鍔元《つばもと》に血糊《ちのり》がついていたんです」

「鍔元に血糊が……」

「人を斬ったのではないかと思うんです。それも異人のような気がします」

大河は眉宇《びう》をひそめた。

「やつが異人を斬ったというのか……」

「わかりませんが、どうもそんな気がするんです。横浜や品川にアメリカやイギリスの商人が来て商売をしています。そんな異人が辻斬《つじぎ》りに遭っているという話があります。それに九蔵さんがときどき出入りしている縄暖簾《なわのれん》があるんですが、そこで浪人ふうの侍とよく酒を飲んでいます。ひょっとするとその浪人たちに唆されているのではないかと……」

「聞き捨てならんな。それはいつからだ？」

「ここ一月《ひとつき》ぐらいでしょうか。うちに来たときと様子が変わっているんです。それに攘夷の話をされるようになりました。わたしは話を合わせていますが、あの人はときに感情を高ぶらせて、異人など斬り捨てて皆殺しにすればよいと言ったりもするんです」

「あやつがそんなことを……」

「飲み屋で毒されたのかもしれませんが、刀に血糊が残っていたり、着物に血のしみがあるのは不気味です。着物のしみは返り血かもしれないです」

「そのことを九蔵に話したのか？」

徳次は首を横に振って、

「下手なことを言えば、癇癪《かんしゃく》を起こされそうなので聞いてはいません」

と、顔をこわばらせる。

「ふむ。たしかにそれは気になるな」

大河は視線を宙に彷徨《さまよ》わせた。もし、九蔵が異人斬りをしているなら、それは人殺しである。そんな男をそばに置いておくわけにはいかない。

「徳次、一度やつが外でなにをしているか、どんな連中と付き合っているのか探ってくれるか。道に外れたことをやっているなら正さなければならん」

「わかりました。それで中西道場のことは急ぎますか？」

「急ぎはせぬが、おまえの体の空いたときにでも行ってきてもらいたい」

「わかりました。それじゃ二、三日うちに行ってきます」

五

二日後の道場でのことだった。

「中西道場のことは聞いております」

大河が柏尾馬之助に、浅利義明のことを聞くとそう言った。

「道場主は浅利義明という人だが、知っているか？」

大河は問いを重ねる。

「聞いたことはあります。しかし、昔の中西道場と違い、いまの道場にはこれといった手練《てだ》れはいないと聞いています。いれば、山本さんに立ち合いの申し入れがあってもおかしくはないでしょう」

「ふむ。さほどの腕は持ち合わせておらんということか。だが、聞いたのだ。浅利義明殿は小手裏を打つ技を得意にしており、一門で浅利殿の技を受けられる者はいないと」

「小手裏を……どういう技でしょう？」

馬之助は腕を組んで考え込んだ。

大河は中西道場のことを聞くが、まったく知らないわけではない。かつて、同道場には寺田宗有《てらだむねあり》・白井亨《しらいとおる》・高柳又四郎《たかやなぎまたしろう》という剣客がいた。

中西道場の三羽烏と言われた人たちだった。そのうちの一人、高柳又四郎と大河は縁があった。

幼い頃、初めて侍に声をかけられ、筋がいいので励めと言われたことがある。それが高柳又四郎だった。さらに、剣術をやりたいなら江戸に行って修行すべきだと高柳に勧められた。

そして、大河は江戸に出て修行に励み、ついに高柳又四郎と試合をしてものにした。しかし、中西道場が隆盛を誇ったのは、高柳らがいた頃であり、その後はこれと言って目立つ話は聞いていない。

道三郎も重太郎も中西道場のことは口にすることがなかった。だから、大河の頭のなかから中西道場は消え去っていたのだ。

「まあ、気になるのでしたら一度立ち合われたらわかるのではありませんか」

馬之助が組んでいた腕を解《ほど》いて言った。

「ま、さようだな。それにしても重太郎先生は忙しいな。このところ道場で顔を見ることがない」

「池田家での指南が忙しいんでしょう。禄《ろく》をもらっていらっしゃるので、疎《おろそ》かにできないのですよ」

まあ、そうだろうと大河も思う。

「そういえば、このところ坂本さんと熱心に話をされていますね。昨日も、先生が帰宅されると、坂本さんがあとを追うように見えて母屋で話し込んでいました」

「坂本が……。あやつ、ちっとも道場には姿を見せぬくせに」

大河は龍馬の顔を脳裏に浮かべた。

「脱藩したのは剣術をやるためではなく、天下国家を語るためなんだろう。物好きにもほどがある。おれにはわからんことだ」

大河は道場で稽古《けいこ》をしている門弟らを眺めてから、

「馬、組太刀の相手をしてくれ」

と言って、立ち上がった。

その日の夜、大河が湯屋に行って家に戻ると、居間に徳次が待っていた。顔を合わせるなり、徳次は中西道場に行ってきたと言った。

「どうであった？」

「試合を受けてもらえるかどうか、それはわからないと塾頭の荒木《あらき》という人に言われました。なんでも浅利様は小浜《おばま》藩酒井《さかい》家で剣術指南をされているそうで、そちらの都合次第だろうと……」

「返事はもらえなかったのか？」

「荒木さんは浅利先生に聞いてから返事をするとおっしゃいました。いずれにしても道場に使いを出すそうです」

「そうか、ご苦労だった。一杯やるか」

「では少しだけ」

おみつに酒の支度をさせて、大河は徳次と晩酌をはじめた。

風が冷たくなっており、日が落ちると雨戸を閉め、障子も閉めなければならない時季である。

徳次は酒を飲みながら、やはり九蔵の様子がおかしいと話した。

「このところ毎晩のように飲みに行っては酔って帰ってくるんです。酔った勢いでわたしをたたき起こして、きさまは攘夷《じょうい》をどう思うと聞きます。だから言うんです。この国を異国の者にいいようにされては困るのでけしからんと。すると、けしからんですむことではない、幕府が弱いからだ、侍の意地がないからだと鼻息荒く言うんです」

「いつからそんなことを？　おれの前ではそんなことは言わないが……」

「山本さんがそういう話をされないからでしょう。でも、どうもあの人は飲みに行った先でそういう話をしているようです。店で知り合った浪人と丁々発止のやり取りをしていると言いますから」

「どこに飲みに行ってるんだ？」

「常盤町《ときわ》にある達磨屋《だるま》という飲み屋です。いまごろは、そこで飲んでいると思うんです」

「よく金があるな。安い店か？」

「縄暖簾《なわのれん》ですからね。浪人や勤番のたまり場になっているような店です」

徳次は鰯《いわし》の佃煮《つくだに》をつまんで酒を飲む。

話を聞いて、大河はなんとなく九蔵のことがわかった。九蔵は百姓の出である。自分をいじめた武士に反抗心を持ち、剣術を習い、そして身につけてきた。

九蔵は、傍目《はため》には侍に見えるかもしれないが、百姓上がりの浪人に過ぎない。しかし、武士を見返すためには、自分も武士にならなければならない。そうしないと対等に接することができないと考えている男だ。

「徳次、おれたちもその達磨屋に行ってみよう。やつが一人だったら、たまには酒を酌み交わすのも悪くない」

大河は腰を上げると、おみつに遅くはならないが出かけてくると言って、徳次と家を出た。

六

達磨屋は楓川《もみじ》沿いの通りから西へ向かう小路にあった。間口二間ほどの縄暖簾だ。近くにも居酒屋や小料理屋があり、店のあかりが通りにこぼれて縞目《しまめ》を作っていた。

大河はまっすぐ達磨屋に行くつもりだったが、途中の物陰に三人の浪人風体の男たちがいるのに気づいた。

暗がりに目をやると、その三人はにらむような目を向けてきて、顔を見られるのをいやがるように背を向けた。

大河はその三人に気づいたとき、彼らの視線が達磨屋に注がれているのが気になった。

縄暖簾をかきわけて店に入ると、入れ込みの奥で九蔵が一人で酒を飲んでいた。大河と徳次が来たことに驚きの顔をしたが、

「山本さんと徳次が来るなんてめずらしい」

と、相好を崩した。

「この店にはちょくちょく来ているらしいな」

大河は隣に腰をおろして、女中に酒と肴《さかな》を注文した。

「酒が飲みたければおれの家に来ればいいのだ。おぬしが手許《てもと》不如意なのはわかっているんだ」

「甘えてばかりでは申しわけないです。わしも少しは稼ぎがありますんで……」

九蔵はそう言って徳次を見て、

「おぬしの親父殿にはよくしてもらっている。山本さんと知り合えてツキがまわってきたような気がする。さ、どうぞ」

と、大河に酌をして、

「それにしても、この店の客には面白いのがいます」

と、まわりを眺める。

店には町人や職人の客もいるが、浪人や勤番と思われる侍が多かった。勤番は見るからに下士である。

十六畳ほどの板張りの入れ込みだけの店で、わいわいがやがやとしている。ときどきどっと笑い声が沸いたりした。

「面白いというのはどういう客だ」

　大河はぐい呑《の》みを口に運びながら聞いた。

「にわか尊皇攘夷論者です。粋《いき》がって異人を斬るとかのたまうわりには、意気地のない浪人です。世間が尊皇だ攘夷だと言うから、それにのっかている腰抜けどもですよ。腰抜けなら、威勢のいいことを言わずに黙って飲んでりゃいいのです。口先ではなんとでも言えますからね」

　九蔵は少し酔っているらしく、そんなことを言った。

「まあ、そうだな。それはおれも思う。よくわかってもいないくせに、天皇がどうの幕府がどうの、異国との条約がどうのというのは聞いていて胸くそが悪い。聞きたくもない」

「わしもそうです」

　九蔵は大いに同意し、酒をあおった。

　大河はこのとき、徳次から聞いた着物についていた血のしみや、刀に残っていた血糊《ちのり》のことを聞こうと思ったが、まわりの耳を気にして出かかった言葉を喉元《のどもと》で抑えた。

「からきし剣術の腕も、度胸もないくせに異人を斬ると言って威張っているやつを見ると胸くそが悪くなるんです」

九蔵はそう言ってまわりの客を見て、

「今夜は来ていませんが、そういうたわけがここにも来るんです」

と、吐き捨てるように言う。

「たとえ、そうだったとしても揉《も》め事はいかんぞ」

大河は窘《たしな》めながら、表の暗がりに立っていた三人の男たちを思い出した。

「なに、ちょいと脅してやったことはありますよ。案の定、尻尾《しっぽ》を巻いて逃げましたが」

九蔵は酒がまわってきたのか、がははと高笑いをした。

「まさか斬り合ったりしておらぬだろうな」

大河が問うと、九蔵ははっとした顔になって短くうつむき、

「斬り合いになりそうでしたが、まあ脅しただけです」

と、言いわけめいたことを口にした。

大河は徳次と顔を見合わせ、話題を剣術に転じ、おそらく浅利義明と試合をすることになりそうだと言った。

「そのときは是非、わしも連れて行ってください」

「それはかまわぬが、まだいつになるかわからん。浅利殿は小浜藩の剣術指南もされているそうだから、忙しそうだ」

「でも、試合はやるんですね」

「そのつもりでいる。それから伝えることがある」

このことはまだ黙っていようと思っていたが、酒の勢いで話したくなった。九蔵がなんでしょうと、身を乗り出してくる。

「おぬしのことを重太郎先生に話したのだ。門人にしてくれないかと。先生はおれにまかせるとおっしゃった」

「ほ、ほんとうですか」

「来月から堂々と道場に来てよい」

「それは初耳です。九蔵さんよかったですね。これでわたしも稽古《けいこ》をつけてもらえる。いっしょに汗を流しましょう」

徳次も笑みを浮かべて九蔵を見た。

「千葉道場の一門になるからには、軽はずみなことは慎んでもらう」

「はい。気を引き締めて稽古に励みます」

九蔵は満面に笑みを湛《たた》えた。

それから三人で一合ずつ酒を飲んでお開きにした。

大河が勘定をする間、徳次と九蔵は先に表に出ていた。店は酔った客の声で一段と騒がしくなっていた。

大河が勘定をすませて表に出ると、九蔵と徳次の前に三人の侍が道を塞《ふさ》ぐように立っていた。

「三島、先般のお礼にまいった。供連れがあるようだが、助太刀は御免蒙《こうむ》る」

一人が徳次に顔を向けて言い、九蔵に険しい目を向けた。すでに刀の柄《つか》に手を添えていた。他の二人も同様だ。

「おい、なにをしておる」

大河は前に出た。店に入る前に暗がりに立っていた三人だと見当がついた。

「もう一人いたか。邪魔立てされては困る。これは身共らと三島の話し合いだ」

「なんの話だ？　斬り合いはならぬぞ」

大河は九蔵の横に並んで、正面に立つ男を見た。背の高い痩《や》せた男だった。

「三島の連れか。手出し無用だ。三島は身共らの仲間と些細《ささい》なことで口論となり、仲間は斬りつけられて腕を怪我した。斬られ損では武士の面目が立たぬ。今夜は神妙に勝負を致せ。三島、腕に覚えがあるようだが、先夜のようにはいかぬぞ」

「待て、おぬしらどこの何者だ。おれは千葉道場の山本大河と申す」

相手はぴくりと片眉《かたまゆ》を動かして大河を見た。

「拙者は相庭幹三郎《あいばみきさぶろう》」

正面の男が名乗ると、そばにいる二人も名乗った。小太りが小沢道彦《おざわみちひこ》、総髪に扁平《へんぺい》な顔をしているのが須藤主税《すどうちから》と名乗った。三人とも気色ばみ、その身に殺気を漂わせていた。

「三島がお手前らの仲間に怪我を負わせているなら、ここで謝罪をさせる。治療に要した金も払おう」

「おぬしとの話し合いではない！　これは身共らと三島の話だ。そやつは、身共らのことをへっぽこの腰抜け侍だと罵《のの》しったのだ」

「攘夷攘夷《じょういじょうい》と言うだけでなにもせず吠《ほ》えているだけだから言ったまでだ」

九蔵が言い返した。

「やめろ」

大河は九蔵を制した。

「これ以上馬鹿にされては黙っておれぬ。それこそ武士の名折れ。神妙に勝負いたす。さあ、刀を抜けッ」

　相庭は声を荒らげると、さっと右足を引きながら刀を抜いた。小沢と須藤もほぼ同時に抜刀して身構えた。

「喧嘩《けんか》を売ってきたのはきさまらではないか。今夜もやるというなら存分に相手をしてやる！」

　九蔵は目を吊《つ》りあげて刀を抜いた。

「やめろ。やめるんだ」

　大河は両者の間に入ろうとしたが、その瞬間に相庭が斬り込んできた。大河は抜き様の一刀で相庭の刀を擦り上げるなり、胸を押して倒した。それを見た須藤が斬り込んできた。大河は一歩足を踏み込んで、その鳩尾《みぞおち》に拳《こぶし》をたたき込んだ。

「うっ」

　須藤はあっさり膝《ひざ》から崩れてうずくまった。その間に小太りの小沢が上段から斬り込んできたので、大河は半身をひねってかわし、後ろ襟をつかんで投げ倒した。

　あっという間に、意趣返しに来た三人は地面に這《は》いつくばっていた。

「喧嘩は御法度だ。意趣を返すなら堂々と来ればよいのだ。闇討ちをかけるとは卑《ひ》怯《きょう》」

大河は倒した三人を見下ろして言うと、

「まいる」

と言って、九蔵と徳次をうながした。

七

九蔵の刀に血糊がついていたのも、着物に血痕《けっこん》があったのも、その原因がわかった。そのことについて、大河は深く問い詰めなかった。

意趣返しに来た三人をあっさりねじ伏せ、有無を言わせなかった大河に、九蔵はますます信頼を置くようになり、また桶町千葉道場の門弟になることができ、すっかり改心した様子だった。

そんな男に追い打ちをかけて苦言を呈することはないと、大河は判断した。

江戸には冬が訪れ、ときどき小雪の舞い散ることがあった。積もりはしなかったが寒さは急に厳しくなっていった。

「山本さん、ゆっくり話をして、また稽古をつけてもらおうと思っていましたが、京に上ることになりました。また江戸に来ることもあるでしょうが、そのときにはゆっくり差し向かいで話をさせてください」

道場に挨拶《あいさつ》に来た坂本龍馬はそう言って辞儀をした。

「せっかく江戸に来たのに、稽古もろくろくせずにもう行ってしまうのか」

大河は挨拶に来た龍馬をにらむように見て言った。

「怒らないでください。わたしにはわたしの行く道があるのです。重太郎先生とはまた京で会うことになりましょうから、そのときに山本さんの話を聞きます。では、これにて」

龍馬はもう一度頭を下げて道場を出て行った。

「まったく忙しいやつだ」

大河は苦笑を浮かべて龍馬を見送り門弟の指導に戻った。

へっぴり腰の尻《しり》をたたき、気合いの足りない者には腹に力を入れろと活を入れ、足の運びの悪い者には素振り百回を命じた。

九蔵は吉田屋の手伝いがあるので、二日置きぐらいにしか道場に顔を出さなかったが、そのときには徳次を相手にたっぷり一刻《いっとき》は立ち合い稽古をやっていた。徳次も地道な努力が実り、近頃はなかなかの腕になっていた。

「今年中には免許を取りたいですから……」

大河が褒めると、徳次は目を輝かせてやる気を見せた。

そんな頃、清河八郎は幕府政事総裁の松平春嶽に「急務三策」という建白書を提出した。

その要旨は「攘夷《じょうい》の断行」「大赦の発令」「天下の英材の教育」であった。攘夷断行は同年八月に島津久光が幕府にはたらきかけた幕府改革とほぼ同じであった。久光は将軍の上洛《じょうらく》をうながし、文久三年三月に攘夷決行を約束させていた。大赦の発令は同じく久光が先に具申していた、安政《あんせい》の大獄の処分者の赦免と復権だった。清河の建白書は、自らの大赦を得るためでもあったと考えられ、そして、それが受け入れられることになり、十二月に入ってすぐ晴れて自由の身となった。

天下の英材の教育は、「非常の変に処する者は必ず非常の士を用ふ……」というもので、非常時に際しては、浪士をも起用して事に当たるべきだと解釈できた。

清河は「天下の英材……」について、もっと突っ込んだことを建白した。

――身分を問わず優秀な人材を集め、治安の乱れ著しい京都を平定し、将軍家茂の上洛を警護するために浪士組を結成したい。

この清河の考えは、関白近衛忠熙《かんぱくこのえただひろ》に伝えられ、浪士募集の命が下されることになった。

そして、十二月十九日、幕府は浪士募集の大令を発するに至った。

これらのことを大河は、玄武館を訪れたとき、猛烈な稽古《けいこ》をしていた山岡から聞かされた。

「それでどうなるのだ？」

相変わらずそのようなことに疎い大河にはぴんと来ない。

「講武所教授方に松平主税助《ちからのすけ》様がおられますが、その方が浪士取扱となり、将軍上洛に先んじて京に上ることになります」

「京に上ってなにをするのだ？」

「京には過激な尊攘派と佐幕派が互いに啀《いが》み合って治安を乱し、京都所司代の手に負えぬことになっていると申します。これを平定し、なんとしても攘夷断行に持って行かなければなりませぬ。そのために浪士組を作り京に上るのです。集める浪士は五十人ほど。一人につき五十両の支度金が出され、幕臣扱いとなります。山本さん、是非にも仲間に入ってくれませんか」

「大胆なことをやっておるんだな」

「試衛館の近藤さんらはもう乗り気です」

すでに近藤勇らと話をしているようだ。おそらく近藤にとっては棚から牡丹餅《ぼたもち》みたいな朗報であろう。以前より、幕臣になりたがっていた男だ。大河はそんな話を近藤としていた。

「まあ、考えておこう」

大河は即答を控えたが、桶町の道場に戻ると、めずらしく重太郎がやってきて、

「大河、わたしは京に行くことになった」

と、言った。

「さては先生も浪士組に入られるのですか?」

大河は目をまるくして重太郎を見た。

「ほう、もうその話を知っていたか。いやいやわたしは浪士組ではない。殿様といっしょに行くのだ。ついては留守の間、道場をしっかり守ってほしい」

重太郎の言う殿様とは、鳥取藩藩主の池田慶徳《よしのり》のことで、重太郎は周旋方として召し出され、四人扶持三十俵を加増されていた。

「それはしかと承りますが、誰も彼も京ではありませんか」

「そういう時世なのだ」

これで大河は山岡の誘いには乗れないことになった。もっともその気はなかったのだが、重太郎の留守を預かり、道場を守ろうと決めた。

ところが、浪士組の話はお玉ヶ池から桶町にも早く伝わってきて、徳次と馬之助、そして九蔵も一枚加わりたいと言い出した。

「浪士組に入れば幕臣身分になれるんです」

徳次はこの機を逃しては損だという顔で目を輝かせる。九蔵は支度金の五十両に釣られているようだった。

馬之助は、

「わたしも尊攘の志士となり、京で暴れたくなりました」

と、目を光らせる始末だ。

大河は好きなようにしろと言うしかなかった。

その日、道場を出た大河は西の空に沈み込もうとしている夕日を眺めて、

「おれは遅れているのか……」

と、我知らず独り言を漏らした。

第四章　浪士組

一

文久三年（一八六三）正月——

大河は下谷練塀小路にある中西道場の門前に立った。ふうと息を吐き、真っ青に晴れわたっている空をあおぎ見た。二羽の鳶《とび》が気持ちよさそうに飛んでいた。風穏やかで、清々《すがすが》しい日であった。

昨年、中西道場の当主・浅利義明に試合を申し込んでいたが、浅利の都合で延び延びになり、やっと立ち合えることになったのである。

「お頼み申す」

大河は声を張って道場の玄関に入った。

見所に座っていた浅利義明が、

「千葉道場の山本大河殿ですな」

と、声をかけてきた。

「いかにも。さようでございまする」

大河は慇懃《いんぎん》に答えた。

「どうぞお上がりください」

浅利は口の端に小さな笑みを浮かべ、もの柔らかな口調でうながした。道場には十人ほどの門弟が控えていた。明かり取りの窓は開けられているが、道場は全体的に薄暗かった。門弟らの炯々《けいけい》とした目が大河に注がれる。

大河は臆《おく》することなく下座に腰を下ろし、あらためて浅利を見た。中肉中背の男だ。高い鼻梁《びりょう》の小顔だが、余裕の体であった。すでに稽古着《けいこぎ》をつけ、脇には竹刀が置かれていた。

「お忙しいなか体を空けてくださりありがとう存じます」

「申し出を受けたのに先延ばしにして心苦しく思っておりました。わたしは小浜藩江戸屋敷で剣術指南を仰せつかっているのですが、そのお役がなかなか忙しくて暇を取ることができなかったのです」

「腰を据えて待っていましたゆえ、どうぞお気になさらずに」

「山本さんの噂は聞いております。なんでも桶町千葉道場の師範代を務めていらっしゃるばかりでなく、練兵館や士学館の高弟と試合をして勝ちを譲っておられないと……」

どうやら浅利は大河について探りを入れたようだ。

「勝負は時の運と申します。たまたま勝ったまでのことです」

「高柳又四郎殿とも試合をされたと耳にしました。なまなかではない腕を持っておられるようで、わたしも立ち合うのが楽しみでござる」

「わたしもこの日を心待ちにしておりました」

「では、早速にはじめたいと思いますが、勝負はいかがしましょう？」

「三番でお願いします。二番取ったほうが勝ちということでいかがでしょう」

「よいでしょう。検分役は長居《ながい》が務めます」

浅利は窓際に座っている男を見てうなずいた。

「長居清蔵《せいぞう》でございます。検分役を務めさせてもらいます」

大河は長居に軽く頭を下げ、よろしく頼みますと言って、持参した道具を身につけて立ち上がった。

道場は静まり返っている。表で鳴いている目白の声が聞こえてくるぐらいだ。検分役の長居が武者窓を何枚か開けたので、道場がにわかに明るくなり、磨き抜かれた床が差し込む日の光を照り返した。

支度を終えた浅利が前に出てくると、互いに作法どおりの礼をして立ち上がった。

「三番勝負、はじめっ！」

検分役の長居が静けさを破る声を張った。

剣尖《けんせん》を合わせて間合い二間に離れた大河は、浅利の出方を見た。先に出てきたのは浅利だ。ゆっくり摺《す》り足を使って詰めてくる。互いに中段の構え。

道場に緊張が張り詰め、水を打ったように静かになった。

「さあっ！」

浅利が中段から上段に竹刀を持ちあげ、八相に構え直した。大河は中段のまま隙を見出《みいだ》そうと、前に出した右足に左足を引きつけ、さらに右足を出す。

剣尖をわずかに揺らして鶺鴒《せきれい》の動きに入る。面のなかにある浅利の目は落ち着いている。

「おりゃあ！」

大河が気合いを発したのと同時に、両者は打ち合いにかかった。浅利の面打ちを大河は擦り払い、即座に竹刀を引きつけ、突き突きと連続技を繰り出す。

浅利は下がりながら横に払いかわしながら、面を打ってきた。大河は腰を沈めて、左足を前に送り出すなり浅利の喉《のど》を目がけて突きを見舞った。

浅利の面が後方にずれ、そのままよろけて片膝《かたひざ》と片手をついた。

「それまでっ！」

長居が大河の突きを認めた。

見学をしている門弟らが驚きの声を漏らし、少しざわめいた。

すぐに二本目がはじまる。大河は中段から上段に竹刀を上げるとそのまま一直線に打ち込んでいく。浅利の体がわずかに離れ、面をかすった。さらに大河は胴を抜くと見せかけ、突きを打ち込む。かわされる。

大河と浅利の体が交叉《こうさ》し、竹刀がぶつかり合う。

休む間もなく浅利が突きを見舞ってくる。大河は下がりながらすり落とし、即座に面を打ちに行く。剣筋は極めて直線的であるが、浅利は眼前で受けるなり、体を反転させるように動かし、下から大河の小手を打ってきた。

（あ、やられた）

内心でしくじったと思ったが、決まってはいなかった。長居の声も出ない。

気を取り直して、間合いを取り、息を吐いて吸う。浅利の小手は決まらなかったが、真剣だったなら、手首を怪我している。大河は口を真一文字に引き結び、眼光を鋭くした。

（一本も取らせぬ）

と、臍下《せいか》に力を入れて前に出る。

浅利の目が険しくなっていた。戦うという意思が横溢《おういつ》しているのがわかる。体は大河より小さいが、その差を感じさせない威圧と迫力がある。

大河は浅利の隙を探すために横に動いた。

すうっと、こめかみのあたりから汗が流れ落ちる。右手首の力を抜き、竹刀に添えるだけにして、剣尖を小刻みに動かす。

窓から風が吹き込んできたとき、浅利がとんと、床を蹴《け》って上段から打ち込んできた。

（いまだ）

大河は横に擦り払うなり、前に跳びながら浅利の脇胴を打って駆け抜けた。

「どおーっ！」

二間ほど駆けたところで振り返る。

「そ、それまでっ！」

長居が大河の胴打ちを認めた。声に苦渋の色があり、顔を悔しそうにしかめていた。

「十分」

浅利が下がって竹刀を下ろした。

「恐れ入りました。噂どおりの方でござった。いやお見事。まいりました」

浅利は潔く負けを認めた。

長い勝負ではなかったが、久しぶりに緊迫した試合ができたことに大河は満足していた。

「浅利殿の小手打ちには面食らいました。きれいに決まらなかったのは、わたしにはさいわいですが、真剣なら手首を落とされていたでしょう」

大河は冷や汗をかいた瞬間をしっかり覚えていた。

「あれはわたしの得意技。外したのは山本さん、あなたが初めてです。それにしても打突の強さと速さ、身のこなしの軽さには驚くばかりです。その立派な大きな体が猿のような動きをするとは思いもいたしませんでした。お見それしました」

「いえ、お忙しいなか立ち合っていただきありがとうございました」

大河は一礼をして首筋に流れる汗をぬぐった。

二

山岡は清河と頻繁に会うようになっていた。

それも清河の建策がようやく受け入れられたからである。しかし、建策は清河から幕府に直接伝えられたのではなかった。

幕臣である山岡を通じて、徳川家の血筋を引く松平主税助から政事総裁職の松平春嶽に届けられたのだ。そのうえで協議が重ねられ、結果的に清河の浪士募集の案が正式に受け入れられたのだった。

昨年の十二月九日には、「浪士組」の取扱役に主税助が任命され、清河の思惑どおりの動きになっていた。

「同志らは信州、駿州へ走り、浪士組に参加できる者を滞りなく集めているようです」

山岡は居間で茶を飲んでいた清河のそばに腰を下ろして言った。小石川にある山岡の屋敷だった。清河はこの頃山岡の家に他の仲間と居候をしており、日を置かずして同志からの沙汰《さた》をもらっていた。

その同志らは江戸を離れ、浪士組に参加する者たちを集めるために関東《かんとう》一円を奔走していた。主に元虎尾の会にいた、伊牟田尚平《いむたしょうへい》や石坂周造《しゅうぞう》らであった。

「来月には京へ上らなければならぬが、ようやくわたしの思いがかなえられそうだ」

清河は満足げな顔で茶をすすった。

「わたしも講武所で聞き知りましたが、清河さんのおっしゃるように京は荒れているようです。諸国の脱藩者が攘夷《じょうい》の名のもと京に集まっては、思いを遂げる元手稼ぎに商家から金品を脅し取り、取締りにあたる奉行所や所司代詰めの役人を、天誅《てんちゅう》という名で暗殺もしていると……」

「わたしの言ったとおりであろう。そのために会津《あいづ》公は兵を率いて京に入られた。されど、会津一藩では手に負えぬはずだ」

会津の松平容保《かたもり》は京都守護職《しゅごしょく》に任じられ、昨年の暮れに千人の兵とともに上洛《じょうらく》していた。

「京に集まっている浪士らは堅い思想を持っている者ばかりではない。まわりに感化され、狼藉《ろうぜき》をはたらき、小金を稼いで国許《くにもと》に帰る者もいる。攘夷面をしているだけの偽者だ。放ってはおけぬ。幕府もそんな者たちに手を焼いている。そこでわたしらの出番というわけだ。さりながら、山岡……」

清河は湯呑《ゆの》みを長火鉢の猫板に置いて顔を向けてくる。

「なんでございましょう？」

「攘夷はかなうであろうか……」

山岡は「それは」と言って、短く黙ってから言葉をついだ。

「正直なことを申しますが、おそらく無理ではないかと。異国の武力に幕府は太刀打ちできぬと思います。いまやるべきことは、いち早く幕府を立て直すことだと考えます」

「そうであろう。そうするには、あくまでも天皇を上位に置き、そのもとで幕府が動く。そうは申しても来し方のような幕府の権威を維持するのは難しかろう。いまは外様《とざま》の藩が率先して動き、幕政を変えようとしている。この勢いを止めるのは容易《たやす》くはない。幕府も薄々わかっているはずだ」

「それゆえの公武合体ではありませんか」

「表向きはな……」

そう言った清河の横顔を、山岡は眺めた。この人の腹の内はよくわからない。ときどきそんなことを感じる。思慮深いのであろうが、ある一面では同意できないこともある。清河の行動力と思想信条の堅さに傾倒している自分に、忸怩《じくじ》たるものを感じる。

それでも清河の不思議な魅力に惹《ひ》かれ、放っておけない感情にとらわれるのだ。

「試衛館の近藤さんは動くかな」

表を見ていた清河がふいと顔を戻した。

「近藤さんは乗り気です。もう一押しするために、先日、永倉新八《ながくらしんぱち》を口説きました。試衛館はこぞって浪士組に入るはずです」

「それは頼もしい。荒れているいまの京を鎮めるには、力が必要だ。幕府は浪士組は五十人程度でよいと言っているが、わたしはそれでは足りぬと考える。百人いや二百人、もっと多くてもかまわない」

「人が増えれば支度金がわたせなくなりますよ」

「そんな金などどうでもよいことだ。志のある者が集まり、満足のいくことを成せば金などあとからついてくる」

「まあ目途は金ではありませぬからね」

「山本大河はどうであろうか……」

山岡は首を横に振って答えた。

「あの人は難しいでしょう。あきらめるしかありません」

「……それは残念なことだ」

ふうと、ため息をついた清河は縁側に行き、

「雪が降ってきた。春の雪だ」

と、つぶやいた。

山岡はその後ろ姿を眺めて、自分はこの人についていくのが正しいのだろうか、いつまでついていくのだろうかと、内心でつぶやいた。


その頃、試衛館の近藤勇は食客の永倉新八と話をしていた。

「つまり、山岡さんは念押しをされたということだろうが、わたしには考えを変えるつもりはない」

近藤はそう言って永倉を眺めた。

「では、浪士組に入るのですね」

「清河さんについていく」

「わたしも浪士組には是が非でも入ります。近藤さん、京に上って一暴れしましょう。それに会津藩松平家に召し抱えられるか、幕臣としての扱いになるかもしれぬ

らしいのです」

永倉はめずらしく興奮しているのか、目を輝かせていた。

近藤も浪士組には期待をしていた。なにより士分が与えられるという話が、おのれの琴線に触れていた。

五十両の支度金を下賜されると聞いたが、そんなことはどうでもよかった。自分は百姓の出で、侍らしく振る舞ってはいるが、そのじつ一介の剣術家に過ぎない。試衛館の当主になったとはいえ、ただそれだけのことだ。

千葉道場の当主も玄武館の当主も、練兵館にしても他の道場の当主も大藩に召し抱えられている。近藤は自分もそうなりたかった。それが藩ではなく、幕府に召し抱えられるなら大願成就である。

それには清河や山岡らが論す攘夷や公武合体に同調しなければならない。

(なに、望みが叶《かな》うならどんな話にも従うのみだ)

近藤は肚《はら》を括《くく》っていた。

「いまの世はどうやら京で動いておるようだ。江戸でくすぶっているよりは、京へ行きお上のためにひとはたらきするのは、わたしの本望とするところだ。土方《ひじかた》も沖《おき》田《た》もこの話には乗っておる。山岡さんに会ったらそう伝えておけ」

近藤は大きな口をゆるめて、片頰に笑みを浮かべた。

三

二月八日、夜が明けてほどない時刻であった。大河は日課にしている庭での素振りを終え、居間に戻って茶を飲んでいた。

「今日は徳次さんと九蔵さんが江戸を出立される日ですね」

おみつが味噌汁《みそしる》の鍋《なべ》をおたまでかきまわしながら言った。

「そうだな」

大河は気のない返事をしたが、見送りに行こうかどうしようか迷っていた。

「少し淋《さび》しくなりますね」

「いずれ戻ってくるのだ。そのときの土産話を楽しみにしていよう」

「ほんとうに……」

おみつが振り返って大河を見た。

「わたしはあなたが行きたいとおっしゃるなら止めはしませんよ」

「なにを言う。おれには道場を守らなければならぬ仕事がある。重太郎先生からも頼まれておる。それを蔑《ないがし》ろにはできぬ」

「そうでしたね」

おみつはまた背を向けて、竈《かまど》の前にしゃがみ込み、薪《まき》をくべ足した。そのとき座敷で雪が大きな声で泣きはじめた。

「あらあら、今度はなにかしら」

おみつは姉さん被《かぶ》りにしていた手拭《てぬぐ》いを外して、雪をあやしに行った。そのとき玄関に訪《おとな》う声があって、徳次と九蔵がやってきた。二人とも旅装束だ。

「山本さん、これから行ってまいります。しばしの別れになりますが、しっかり務めてまいります」

徳次が畏《かしこ》まって言えば、

「尽忠報国の志を忘れずに気を引き締めているところです」

と、九蔵もいつになくあらたまったことを言った。どこか晴れやかな顔つきだ。

尽忠報国の志は、清河や山岡が仲間を集めるときの殺し文句だった。

「まあ粗相のないようにな」

「ほんとうは山本さんといっしょに行きたかったのですが、道場がありますからね。あ、おみつさん、これから行ってまいります。土産話を楽しみにしていてください」

座敷から戻ってきたおみつに、徳次がにこにこした顔を向けた。

「道中お気をつけてください。お体にも注意をしてください」

「ありがとうございます。では、行ってまいります」

徳次と九蔵は深く頭を下げると、そのまま出ていった。大河は湯呑《ゆの》みを置くと、すっくと立ち上がり「おい、待て」と、玄関を出たばかりの二人を追いかけた。

「いかがされました？」

九蔵が顔を向けてきた。

「伝通院《でんずういん》から出立するのだったな。おれもそこまで行こう。みんなを見送ることにする」

大河は待っていろと言って家のなかに戻ると、急いで身支度をして、三人で伝通院に向かった。

大河は着流しに大小を差し、羽織をつけただけの恰好《かっこう》だが、徳次と九蔵は振分荷物を肩にかけた旅装束である。

三人はお城の堀端を辿《たど》り、鎌倉河岸《かまくらがし》を抜け駿河台《するがだい》から水道橋《すいどう》をわたり、水戸家上屋敷をまわり込んで伝通院に着いた。

大河は伝通院の前まで来て驚いた。そこは伝通院の塔頭《たっちゅう》である処静院《しょじょういん》であった。

幕府に成り代わり清河らが募集していたのは五十人だと、大河は聞いていたが、その数ははるかに上まわっていた。見物の者もいるようだが、旅装束の者たちが狭い境内にひしめいていたのだ。

陣笠《じんがさ》や網代笠《あじろがさ》を被っている者もいれば坊主頭もいる。徳次や九蔵と同じ旅装束の者は多いが、なかにはまるで戦支度よろしく地羽織に鎖帷子《くさりかたびら》をつけている者。手槍《てやり》や半弓を背負い、鉄入りの鉢巻をしている者。二十代三十代の若い者に交じって、白髪頭の初老の男も見られる。

「こいつら全員、京に行くのか……」

大河があきれたように言えば、

「先だって行われた集まりには、もっと多くの人たちが来ていました」

と、徳次が言って、話を聞いてきますと、人をかきわけて前のほうへ進んで行った。

大勢を前にして話をしている男がいた。清河八郎だった。その横には山岡鉄太郎の姿もある。

清河は声を張ってなにか話をしているが、大河のいるところまでは、その声ははっきり届かなかった。ただ、集まった浪士を鼓舞しているというのだけはわかった。

大河は話をしている清河のそばに注意の目を配った。試衛館の近藤勇がいる。土方歳三《としぞう》も沖田総司《そうじ》も、そしてかつて玄武館の門弟だった山南敬助《やまなみけいすけ》もいた。

(烏合《うごう》の衆ではないか……)

大河はその人群れを見て心中でつぶやいた。こやつらに京の治安をまかせられるのかという疑問も浮かんだ。

「上様は来る三月にご上洛《じょうらく》される。我等はその先駆けとなり京に入り、市中を荒らしまわっている不届きな浪士を取締り、公武合体の一助とならねばならぬ」

ひときわ大きく声を張った清河の言葉が聞こえてきた。

大河は相変わらず肩肘《かたひじ》張ったことを言うと、あきれたように首を振る。その清河の近くには山岡が立っており、さらに試衛館の門弟の顔も見えた。

(馬、おぬしも来ていたか……)

大河は群衆のなかに立っている柏尾馬之助の姿に気づいた。参加すると言ってはいたが、やはりここに来ていたのだ。大河のほうに背中を向け、熱弁をふるっている清河に顔を向けていた。

「九蔵さん、九蔵さん」

前のほうに行っていた徳次が戻ってきた。

「取扱役が替わったそうです」

「誰になったんだ？」

「鵜殿鳩翁《うどのきゅうおう》という旗本です。山岡さんも同じお役につかれたそうです」

「まあ、おれは誰が上にいてもかまわぬ」

「清河さんが先頭に立って話をされているが、あの人はどういう立場だ？」

大河は徳次を見た。

「浪士組の総元締めです。それから九蔵さん、五十両の支度金は人数が多いので、十両に減らされたそうです」

「なんだと……」

九蔵は目を剝《む》いた。

「まあ、しかたないでしょう。これだけの大所帯になったのですから、わたしらは将軍様を守るためにはたらくのみです」

「おぬしはそれでよいかもしれぬが……」

九蔵は出かかった言葉を呑み込んだ。身分より金だと言いたかったのだろう。大河はその胸中を察し、

「九蔵、ここまで来たのだ。行けばいいこともあろう」

と、宥《なだ》めたとき人の群れが動き出した。大河は邪魔になってはいけないと思い、後方に下がって見守った。

やがて鵜殿鳩翁と山岡を先頭に浪士組が動きはじめた。

「では、山本さん行ってまいります」

徳次は挨拶《あいさつ》をして行列の後方についた。九蔵も倣って行列の一人になった。

集まった浪士は、総勢二百数十人。一行はぞくぞくと境内を出ると、そのまま中《なか》山道《せんどう》を上り京を目ざして江戸を去った。

四

桶町千葉道場は閑散としていた。閑散としているのは道場だけでなく、江戸の町全体が静かになった気がした。

(たった二百数十人の男たちがいなくなっただけなのに……)

そう感じるのは気のせいかと、大河は思いもする。

道場で素振り稽古《げいこ》をして汗を流した大河は見所脇に腰をおろし、首筋の汗をぬぐい、格子窓の向こうに見える青い空を眺めた。

角川文庫の歴史・時代小説 7月の新刊

ご購入希望の方は、このチラシに掲載の書名とISBNを書店様にお伝えください。

鈴木英治『江戸の探偵』

ここが面白い！

これぞ痛快時代ミステリ！
陰謀に巻き込まれ、石見から江戸にやってきた永見功兵衛が難事件を解決！

ISBN 978-4-04-113470-2

新シリーズ

定価770円

上田秀人『高家表裏譚7 婚姻』

ここが面白い！

吉良家の縁談相手は上杉家の姫!?　思惑が絡み合う婚姻の行方は。

ISBN 978-4-04-113993-6

シリーズ累計46万部！

定価792円

永井義男『ご隠居同心』

ここが面白い！

隠居した同心が長屋で大活躍。「秘剣の名医」シリーズ著者の新境地！

ISBN 978-4-04-113656-0

新シリーズ

定価792円

KADOKAWA

なんだか一人取り残されたような寂寥《せきりよう》感があった。

道場にいても当主の重太郎は正月に戻ってきたかと思うと、いそがしく鳥取藩江戸藩邸に足を運び、そしてまた京へ旅立った。

大河は重太郎が短い間江戸にいるとき、道場経営と鳥取藩池田家への仕官とどちらが大切なのかと聞いたことがある。

「どちらも大事だ。されど、攘夷《じようい》は国是であったが、少し考えが変わった」

大河は黙り込んだまま重太郎をにらむように見ていた。

「坂本が京にいた。あれは脱藩をしている罪人なので、京の池田家屋敷に匿《かくま》っていたのだが、あの男ただ者ではない。深く国事を憂いておる。そういう男だとは思わなかったが、なるほどと思うことしきりだ。それで、昨年の暮れに神戸《こうべ》にいた勝麟《りん》太郎《たろう》殿を斬りに行ったことがある」

「勝麟太郎……」

「軍艦奉行で神戸海軍操練所の頭取だ。江戸湾はおろか日本の沿岸を防御するためには、欧米列強の軍艦に劣らぬ軍艦を造るべきだと論じ、そのうえで交易の利潤を求めるべきだと幕府に上申したのだ。畢竟《ひつきよう》、ロシアや朝鮮、清《しん》などを相手に交易を盛んにし、それで儲《もう》けた金で軍艦を造ればよいというものだった。そのことを知った坂本は、勝麟太郎は逆賊だ。攘夷の旗印をあげながら金儲けをするために、幕府に取り入っているに過ぎない。けしからぬから命をもらいに行こうと、わたしを誘ってきた」

「それでいかがされたのです？」

「話はわかった。幕府にそんな異物がいてはためにはならぬ。天誅《てんちゅう》を加えようと言うことで、神戸の勝邸に乗り込んだ。ところが……」

「なんでしょう？」

大河はいつしか興味を持って話に引き込まれていた。

「斬ることはできなかった。勝麟太郎殿は咸臨丸《かんりんまる》でアメリカへ行ってきた人で、その話を聞かされた。先《ま》ずもって国力の差が大きいことを諭された。大砲も軍艦も日本の比ではない。我が国は欧米列強に劣らぬ国力をつけなければならんと諄々《じゅんじゅん》と話され、感服してしまった」

どんな話を勝麟太郎がしたのか大河にはぴんと来なかったが、要するに暗殺に失敗したということだ。

「それで弟子になった」

「は……」

「大河、攘夷は難しい。それがわかったのだ。だから公武合体を急ぎ、国体を整えるのが先だ。いまはそのような流れになっておる」

「わたしにはよく呑み込めません」

重太郎はからからと笑い、まあいまにわかると言った。

「それで道場はどうされるのです？　先生は打っちゃっているではありませんか」

「打っちゃってはおらぬ。道場のことは田村《たむら》がしっかり見ている」

田村というのは千葉道場の番頭だった。いつも母屋で算盤《そろばん》片手に帳面をつけ、収支を計算していた。

「門弟のことはおぬしにしばらくまかせる」

重太郎はそう付け足した。

大河は内心であきれ、返す言葉を失った。

「塾頭、稽古をお願いできませんか」

門弟の声で、大河は現実に立ち返った。

「うむ」

うなずいて竹刀片手に立ち上がったが、張り合いをなくしている自分に気づいた。

声をかけてきた森本《もりもと》という門弟の前に立ち、

（おれも京に行けばよかったのか……）

と、軽い後悔の念が生まれた。

「かかってこい」

森本が打ち込んできた。大河は擦り払って下がらせる。

（誰も彼もが天下国家を論じるのを楽しんでいるだけではないのか。おれにはわからん。よくわからん）

森本が「面、面、面」と連続で打ちかかってきた。大河はことごとく打ち払い、森本の面をしたたかに打った。森本は尻餅《しりもち》をついて倒れたが、すぐに起き上がった。

「そんな及び腰ではならん！　腹に力を入れろ！　腕と肩に無駄な力を入れるな！」

「はい！」

素直に返事をする森本が打ちかかってくる。

（おれはなにをしているのだ。みんなに遅れを取っているのか。道場にいてよいのか。これでよいのか）

大河は森本に稽古をつけながら自問するが答えは出てこない。

「とりゃー！」

森本のゆるい打突を撥《は》ね返し、突きを見舞った。森本の体が後ろに吹っ飛び、板壁に頭をぶつけて倒れた。その勢いで、面が脱げ、森本は口から泡を吹いていた。

大河はつい本気になって突きを入れた自分に気づき、森本のそばに駆け寄ると、

「しっかりしろ。大丈夫か？」

と、焦点の合わない目をしている森本の頰をぴたぴたと張った。

「だ、大丈夫です」

森本は正気を取り戻したが、しばらくその場にへたり込んで休んでいた。

その日、大河は他の門弟にも同じ稽古をつけて道場を出た。

すでに日は西にまわり込み、通りには仕事帰りの職人の姿が多く見られた。江戸詰の勤番侍の姿もあるが、心なし以前より少ないような気がする。

（なぜ、こんなことになったのだ……）

大河は家路につきながら、暮れゆく空を眺め、また胸中でつぶやいた。

（おれは置いてけぼりを食らっているのか）

五

江戸の町に八重桜が見られ、武家屋敷には躑躅《つつじ》が見事に咲き誇った。黄色い山吹が大川《おおかわ》端のあちこちに咲き、白い小手毬《こでまり》がそれにまじり、季節は夏に向かっていた。

大河の日々はなんら変わらず、退屈な剣術指南に終始していた。強い相手を探すこともできず、また試合を申し込んでくる者もいなかった。

楽しみは雪の成長と、夕刻に湯屋へ行ってからの晩酌である。江戸は静かだった。大河のまわりもこれといった騒ぎもなく平凡な日常があるだけだった。

それは三月の終わりだった。

その日道場の稽古《けいこ》を休んだ大河が、自宅屋敷でくつろいでいると、表で洗濯物を取り込んでいたおみつが下駄《げた》音をさせて縁側から声をかけてきた。

「あなた、徳次さんです」

「徳次……。やつは京にいるはずだ」

大河は雪を膝《ひざ》に乗せたまま答えた。

「いいえ、すぐそこにほら。あ、九蔵さんも見えました」

なにを言っているのだとおみつを見て、玄関に目をやると、

「ただいま戻ってまいりました」

と、徳次が玄関から声をかけてきた。その背後には九蔵もいた。二人ともにこにこしている。

「どうしたのだ？　京に行かなかったのか。ま、よいから入れ」

大河は雪を膝から下ろして二人を招き入れた。

「じつは京に行ったのはいいのですが、妙なことになりまして、十日とたたず江戸に帰参することになったんです」

「なにゆえ……」

大河はまるで狐につままれたような顔をして、徳次と九蔵の顔を眺めた。

二人が言うには、京に入ったその日に、清河が朝廷に江戸の守備が疎《おろそ》かになっていては攘夷《じょうい》は難しい。自分たちは幕府の世話を受けて上京したが、禄位《ろくい》等は受けていないので朝廷のお指図に従うと建言したのだ。

つまり、幕府の命令で京に来たが、それは本意ではなく、命を下達するのは本来は朝廷であるから、それに従いたいと言上したのだ。朝廷側はその申し出を受け入れ、幕府もしぶしぶ朝廷に従い、三月三日に東帰命令を下したというのである。

「ずいぶん妙なことではないか。行ってすぐ帰ってくるとは笑い事ではないか。それでみんな帰ってきたのか？」

「いえ、試衛館の近藤さんたちは京に残っています。あの人たちは清河さんに騙《だま》されたと怒っていました」

「近藤さんは京に残ってどうしているのだ？」

「会津様の下ではたらくことになったようですが、よくはわかりません」

徳次は日に焼けた顔をかしげて言う。

「それで戻ってきた者はどうしているのだ？」

「本所《ほんじょ》に屯所が設けられまして、そこに入ることになっていますが、わしと徳次は戻ってきました。そのまま国許《くにもと》に帰った者もいるので、数はそれほどではありません」

九蔵はくたびれただけだとぼやいた。

「清河さんや山岡は本所の屯所にいるのか？」

「あの人たちは自分の家に戻ったようです」

「なにが回天だ。攘夷だ。どうにもしようのないザマではないか。ま、よい。日も暮れそうだから一杯やろう」

そのまま大河は三人で酒を飲みはじめた。

二人が戻ってきて内心嬉《うれ》しかったし、偉そうなことを声高に話していた清河のことが情けなくなった。口説かれずに断ったのは正しかったと、自分のことを褒めたくなった。

浪士組は京都に入ると、壬生《みぶ》村の寺と民家に分宿をして過ごしたが、断りもなく外出するのを禁じられたので暇を潰《つぶ》すのに苦労したらしい。

それでも近所に出かけることがあり、茶を飲みながら町人や同志の話を聞き、諸藩の浪士たちが京都市中で不穏な動きをしていることを知った。

とくに過激な攘夷派浪士が横行しており、毎日のように京のどこかで辻斬《つじぎ》りや天誅《てんちゅう》と称しての暗殺が行われていた。

また、幕府を批判する攘夷派のなかには、暗殺した者の首や耳を脅迫文といっしょに公卿《くぎょう》方や奉行所に投げ込む者もいた。

「まあ、さような話を耳にしても、わしらの目には京都という町はいたって静かでした」

九蔵はうまそうに酒を飲む。

「清河さんは恨まれています」

徳次は江戸に戻ってくる間、そんな話を耳にしたと言ってつづける。

「考えてみれば、尊皇攘夷を謳《うた》っておきながら掌《てのひら》を返したわけですからね。上洛《じょうらく》にあたっての費えは幕府から出ているのにそれが無駄になったのです。そして、いざ京都に入ったら朝廷を奉って幕府に矛を向けたのも同じでしょう」

「誰に恨まれているというのだ？」

「幕府でしょう。試衛館の近藤さんたちも幕府寄りですから、清河さんのことをただの勤皇家だった。公武合体は言葉だけのことで、清河さんは倒幕を考えているのだと」

「清河さんが倒幕を……」

大河は清河の怜悧《れいり》な顔を思い浮かべる。

「攘夷と倒幕が清河さんの考えだと、そう言う人がいました。話を聞いて、わたしもそうだと思いました」

「幕府を敵にまわしたのなら、清河さんは危ないのではないか」

大河の言葉を受けた徳次は顔をこわばらせた。

「徳次、おぬしは本所の屯所へ行くのか？」

「どうしようか考えているんです。これ以上振りまわされるのはどうかと思うんです。折角、幕臣になれると思ったのに、そうはなりませんでしたからね」

「もし、清河さんに会ったら、注意をしろとおれが言っていたと伝えるんだ」

「わかりました」

大河の真意が呑《の》み込めないのか、徳次は目をしばたたいた。

「山岡は家にいるのだな」

「おそらく清河さんも山岡さんの家にいるはずです。住むところはいまのところ決まっていないような話を聞いていますから」

「屯所に山岡がいたら、おれが会いたがっていたと伝えてくれ」

「わかりました」

大河はいやな胸騒ぎを覚えていた。いまや清河は幕府にとって裏切り者のような気がしてならない。いや、話を聞くかぎりそうであろうと思った。だからといって大河になにかできるわけではないが、忠告だけはしておこうと考えた。

六

翌日、道場に出ると、柏尾馬之助がいた。大河と顔を合わせるなり、ばつの悪そ

うな顔をして、

「話はお聞きになったと思いますが、妙なことになりました」

と、力なく眉尻《まゆじり》を下げる。

「勇んで行ったのに疲れただけでした。山本さんと道場に残っていればよかった」

「にわか仕込みの尊皇攘夷だからだ」

「……そうかもしれません」

「それでどうするんだ。屯所があるらしいが……」

「まだよくわかりませんが、江戸に着いたときに山岡さんに、いずれ浪士組は組み替えられる。そのときには剣術指南役を頼まれてくれと言われています」

「すると、江戸に戻ってきた者たちは新たな組を作るのか？」

「お上からの沙汰《さた》待ちです」

「それで受けるのか？」

「断れませんので……あ、でも道場の仕事もやりますからご安心を」

馬之助はひょいと首をすくめた。

清河らの動きをひそかに調べていた徳次が、大河の家にやってきたのは、数日後のことだった。

「山岡さんには会うことができませんでした。それというのも、山岡さんが謹慎を申しつけられたからです」

「謹慎を……」

「へえ、屋敷のまわりは青竹で囲まれています」

大河は燭台《しょくだい》の炎を短く見つめた。夜風が吹き込んできてその炎を揺らした。

「清河さんは山岡の家に身を寄せているのだったな。どうしているのだ？」

「清河さんだけでなく、前から清河さんといっしょだった石坂さんや村上《むらかみ》さんは出入りしています。元虎尾の会の人たちです」

大河は清河の家で顔を合わせている、石坂周造と村上俊五郎《しゅんごろう》の顔をぼんやり思い出した。

「ますます山岡の立場はおかしくなっているのではないか。やつは幕臣だ。そんなやつが幕府に弓を引く者たちといっしょにいるのなら、お上も黙ってはいまい」

「だから謹慎になったんでしょうが、清河さんらは妙な動きもしています」

「どういうことだ」

大河はさっと徳次に顔を向けた。隣の部屋で雪をあやしているおみつの声が聞こえてきた。

「仲間を横浜に送ったり、金のある商家に金を無心したりしているようです。清河さんは、まずは幕府が結んだ条約の破棄を急ぐべきだとおっしゃっているようで……」

徳次がひそかに調べたのはそこまでだが、清河は横浜にある外国居留地を襲撃するために、爆薬や武器の調達をしていたのだった。

「もはや清河さんにはなにもできまい。朝廷を味方につけても、幕府を敵にまわしているのだ。攘夷《じょうい》をやろうにもおいそれとできることではない」

「それに清河さんに見切りをつけて離れている人もいますからね」

「しかし、気にはなる。ときどき様子を見てきてくれぬか」

「わたしは暇な身ですから、なんでもおっしゃってください」

浪士組はとんだ茶番であった。その茶番を仕組んだのは清河八郎である。そして、清河の誘いに乗って京に上り、そのまま残ったのは近藤勇をはじめとした十八人のみで、彼らは会津藩預かりとなり京の警備にあたることになっていた。

大河の暮らしはこれまでどおり変わることはないが、やはり道場に来る門弟の数は減っていた。江戸にも以前のような活気が感じられないのは、江戸詰の藩士が少なくなったせいでもある。それは昨年行われた幕政改革で参勤交代が緩和されたことによる。

交代は三年に一度、しかも江戸在府も百日と短縮され、大名の嫡子と妻の帰国も認められ、それに伴い江戸在府の家来は少なくなった。

「妙な話があります」

それは大河が道場から自宅に帰ってきて間もなくのことだった。徳次がいつになくこわばった顔でやってきて、声をひそめ大河に耳打ちをするように言った。

「清河さんの命が狙われています」

「どういうことだ？」

大河はさっと徳次を見た。

「聞いてしまったんです。誰のお指図か知りませんが、刺客が放たれました」

「それは誰から聞いた？」

「わたしは聞く気はなかったのですが、中山周助《なかやましゅうすけ》という人が高久安次郎《たかくやすじろう》さんという人と屯所の裏で密談をしていたのです。清河八郎を討つと……いえ、みなまでしっかり聞いたわけではありませんが、わたしは怖くなってどうすればいいかわからず、それで急ぎ帰ってきたのです」

「このことを知っている者は……」

徳次はわからないと首を振る。

「清河さんは山岡の家にいるのだったな」

「そのはずです」

「すまぬが、いまから駆けて様子を見てこい。清河さんがいなくても、山岡にこのことを伝えるんだ」

「はい」

徳次は急いで飛び出していった。

大河は座敷を行ったり来たりし、庭に下りて暮れゆく空を眺めた。おそらく清河暗殺は幕府の密命だろうと考えた。

それがいつ実行されるか不明だが、じっとしてはおれなかった。清河に心酔することはなかったが、大河は同じ北辰一刀流の門人として放っておけなくなった。まったく知らぬ仲ではない。一時は清河を尊敬したこともある。

日は大きく傾き、日の光が弱くなっていった。隣の家にある柿の葉がみずみずしい青葉になっているのが、やけにまぶしく目に映った。

徳次が汗だくになり息を切らして戻ってきたのは、西の空に日が沈んで間もなくのことだった。

大河は玄関で徳次を迎えると、おみつに聞かれないように表に促して話を聞いた。

「どうであった」

「清河さんは昼過ぎに出かけていました。行き先は出羽《でわ》国上山《かみのやま》藩藩邸です。なんでも同郷の方がいらっしゃるので会いに行かれたそうです」

「山岡は一人だったか？」

「石坂周造さんと他に何人かいました。その人たちも色めき立って立ち上がり、これから清河さんを迎えに行くと言っていました」

「上山藩邸はどこにある？」

「麻布《あざぶ》一之《いちの》橋の近くだと聞きました」

大河は家のなかに戻ると、刀をひっつかんで玄関を飛び出した。徳次がいっしょに行くと言ったが、

「おまえは家に帰っておれ」

大河は言葉を返して、足を急がせた。

日の落ちた通りは徐々に暗くなりはじめていた。

七

その日の昼過ぎに、元浪士組の佐々木《ささき》只三郎《ただざぶろう》と速見《はやみ》又四郎《またしろう》は、小石川の山岡鉄太郎の屋敷を見張っていた仲間の中山周助から連絡を受けた。

清河八郎は一人で山岡家を出て行ったということだった。

「行き先はわからぬのだな？」

「髙久と窪田《くぼた》があとを尾《つ》けています。行き先がわかれば馬喰《ばくろ》町の茶屋に連絡が入ることになっています」

「馬喰町のどこのなんという店だ？」

佐々木は中山の顔を見て聞いた。

「案内いたします」

佐々木と速見はそのまま中山の案内で、馬喰町の信濃屋という小間物屋の離れへ入った。

彼らはいずれも浪士組として京に上り、そして東下して江戸に戻った幕臣であった。佐々木は山岡鉄太郎と同じ講武所の剣術師範で、窪田泉太郎《せんたろう》も講武所を経て神奈川奉行所にいた男だった。

佐々木へ清河暗殺の密命を下したのは、去る三月に将軍家茂の上洛《じょうらく》に随行した老中・板倉周防守勝静《いたくらすおうのかみかつきよ》であった。幕府を利用した清河の行動は、板倉をはじめとした幕府重臣の嫌忌《けんき》に触れるものであり、これ以上の勝手な攪乱《かくらん》を許してはならなかった。

日が暮れかかった頃、信濃屋に清河を尾行していた窪田泉太郎がやってきて、

「清河は一之橋にある上山藩江戸屋敷に入った。髙久が見張っているので、急いで行ったがよい」

窪田から連絡を受けた佐々木只三郎は、人は多くないほうがいいと考え、

「おぬしらは帰れ。あとの始末はおれと速見でやる」

と、言って信濃屋を出た。

上山藩江戸屋敷の近くまで行くと物陰に隠れていた髙久安次郎がそばへやってきて、

「清河はまだ出てこない。いずれ小石川の山岡の家に戻るはずだからここで待っておればよいだろう」

と、佐々木に耳打ちした。

佐々木は上山藩松平山城守《やましろのかみ》の屋敷門を見た。すでに日が暮れかかっていた。

「高久、おぬしは帰れ。あとのことはおれと速見でやる。人が多いと目立つ」

高久は短く思案したあとで、ではしくじるなと言い残して夕靄《ゆうもや》のなかに姿を消した。


それから半刻《はんとき》（約一時間）がたっていた。

徳次が小石川の山岡の家から戻ってきたのは、佐々木と速見が待ち伏せに入ったちょうどその頃だった。


清河は久しぶりに会った同郷の金子与三郎《かねこよさぶろう》と昼酒を飲んでいい気分になっていた。天下国家のことはあまり話さず、懐かしい国許《くにもと》の話で盛り上がったが、金子は藩邸内の長屋住まいであるから、長居はできないと考えた清河は、

「さて、日も暮れたようだ。酒もまわってきたのでそろそろ帰るとしよう。金子、また近いうちに会おうではないか」

清河は金子に別れを告げ、藩邸の表門を出て大きく息を吐いた。すでにあたりは暗くなっており、空には星といっしょに月が浮かんでいた。

清河はそのまま山岡の家に戻るべく足を進めた。酔った頭で横浜襲撃の算段を明

日あたりつけなければならないと考えた。

古川《ふる》（新堀川《しんぼり》）に架かる一之橋をわたりはじめたとき声がかかった。振り返ると佐々木只三郎と速見又四郎が立っていた。

「これは意外なところで会うものだ。なにをしていたのだ？」

清河は同じ浪士組にいた男たちだったので、気安く声をかけた。

「大事な用があってきたところです」

佐々木がそう言ったとき、速見が背後にまわったので清河は異変を感じた。

「大事な用とはわたしにであろうか」

そう問うたとき、清河は後ろ肩に強い衝撃を受けた。刀に手をやったが、またもや強い衝撃が肩口にあった。


大河は赤羽橋《あかばね》のそばにある自身番で、上山藩の上屋敷はどこにあるかと聞いて、一之橋のほうへ足を急がせていた。しばらく行くと橋の近くに人だかりがあった。提灯《ちょうちん》のあかりがいくつも見え、なにやら騒がしい。

近くへ行くと橋の先に人が倒れていた。近所にある郡山《こおりやま》藩下屋敷詰めの勤番らが高張り提灯を持って人だかりを明るく照らしていた。

「斬られたのだ」

「辻斬《つじぎ》りか……」

いろんな声が囁《ささや》かれていた。

大河はもしや清河ではないかと思い、胸を騒がせながら前に出ようとした。そのとき、前方の人垣をかきわけて出てきた男がいた。

石坂周造だった。大河は石坂を見たが、石坂は斬られている男をたしかめて、近くの自身番から駆けつけてきて見張りをしている町役に問うた。

「これは誰であるかわかるか？」

町役人は怖気《おぞけ》だった顔で首を振った。

「これはそれがしが長年捜していた不倶《ふぐ》戴天《たいてん》の敵、清河八郎である。やあ！」

石坂は声を張るなり、抜き様の一刀で清河の首を落とし、懐中を探ってから首を抱え持った。そのことに驚きおののいた町役と野次馬は、死体から大きく後じさった。

大河は石坂に声をかけようと思ったがその暇もなく、石坂は清河の首を抱え持って立ち去った。町役と野次馬は呆然《ぼうぜん》と石坂を見送るしかなかった。

その姿が闇に溶け込みそうになったとき、大河はあとを追いかけた。

「石坂殿、その首をどこへ……?」

大河の声に石坂は身構えて振り返ったが、

「山本殿」

と、あわい月明かりに照らされている大河の顔を見てつぶやいた。

「いかがされるのだ?」

「山岡さんの家に持ち帰るのです。このこと構えて他言無用に……」

石坂の声はふるえていた。その両目から涙がしたたっていた。

大河は立ち止まったまま、石坂の後ろ姿を見送った。

やがてその姿がすっかり闇に溶け込んで見えなくなると、大河はむなしいため息をついて夜空を仰いだ。

(これが回天の先駆けになるのか……)

大河はもう一度ため息をついて首を振った。

第五章　独り立ち

一

清河八郎が暗殺されたあと、江戸はまた元の平穏さを取り戻した。表向きはそうであったが、江戸在府の諸藩は国許にあって尊皇攘夷《じょうい》の気運を高めていた。

とくに京では朝廷と幕府の折衝がつづいており、過激な尊攘志士の横行は以前に増してひどくなっていた。この鎮撫《ちんぶ》にあたるのは京都所司代と、京都守護職にある松平容保の預かった浪士組の残留である近藤勇と芹沢鴨《せりざわかも》一派だった。

しかし、江戸にいる大河はそんなことは知らないし、千葉道場の当主である重太郎は鳥取藩江戸屋敷に出向いたかと思えば、いつの間にか京に上ったりと多忙な日々を過ごしていた。

また、京から戻ってきた浪士組は深川に屯所を与えられたが、清河八郎暗殺後は幕府配下の平凡な一隊となり、名をあらため「新徴組《しんちょうぐみ》」という組織になった。その頭取に山岡鉄太郎と高橋泥舟《たかはしでいしゅう》の二人がつき、新徴組を束ねることになった。泥舟は山岡の妻・英子《ふさこ》の兄で、屋敷も隣であった。

「どうにも始末に負えませぬ」

ぼやくのは柏尾馬之助である。彼は新徴組の剣術指南役となり、屯所のある本所三笠《みかさ》町に日を置かず通っていたが、張り合いがないと言うのだ。

「本所の屯所を閉めて、今度は元飯田《もといいだ》町に移ることになりました。まあ屯所が移るのはいいのですが、庄内《しょうない》藩酒井家の預かりになるので、名ばかりの幕臣から酒井家の家臣になるわけです。それがいやでやめる者があとを絶ちません。残ったのは六十人ほどです」

「六十人でなにをやるんだ？」

大河と馬之助は桶町道場の片隅に座って話しているのだった。

すでに江戸は秋になっており、日が暮れれば鈴虫の声を聞く季節になっていた。

「御番所（町奉行所）と力を合わせて不逞《ふてい》浪士の取締りですよ。そのじつ、これと言ってやることはないのですが……」

「おぬしも酒井家の家臣になるのか？」

「わたしはあくまでも指南役です。それでいくらかもらえるので文句は言えませんが、剣術指南と言っても、相手は真剣味の足りない者ばかりです」

「山岡はどうしているのだ？」

「支配役を解かれたので講武所に行っているのではないでしょうか。顔を見ないので、その後のことはわからないのです」

大河は武者窓の向こうに目を向けた。実をつけた柿の木越しに、暮れかかった空があった。

「久しぶりに山岡に会ってみようか」

大河は独り言のようにつぶやいた。

「お玉ヶ池に行けば会えるのではないでしょうか。あちらにはときどき顔を出していると聞いていますから」

「そうだな。近々会ってみるか」

「山本さん、たまには相手をしてくださいませんか」

馬之助に請われた大河は快諾すると、竹刀を持って立ち上がった。門弟への指導ばかりで、このところ鬱憤《うっぷん》が溜《た》まっていた。馬之助相手なら文句はない。

大河は元立ちとなって馬之助に技を繰り出させた。小半刻《こはんとき》（約三〇分）もすると、二人とも汗だくになったが、それでも気合いを横溢《おういつ》させて稽古《けいこ》をつづけた。

大河はかかってくる馬之助の隙を見つけると、容赦なく打ち込んでいった。まわりの門弟たちは自分たちの稽古をやめ、二人の打ち合いを眺めていた。

大河は容赦なく打ち込んでくる馬之助の技をいなし、かわし、そして逆に打ち込んだりした。相手が強ければ稽古のし甲斐《がい》を感じ、これが剣術だとあらためて思うのだった。

「ありがとうございます。久しぶりにいい汗をかかせてもらいました」

稽古を終えた馬之助は、両肩で荒い呼吸をしながら礼を言った。

「おれもいい汗をかいた。やはりおぬしにはこの道場にいてもらいたい」

言葉を返す大河は、できれば塾頭として馬之助に残ってもらい、自分はひそかに身を引きたいと考えていた。そのためには一度重太郎としっかり話をしなければならない。

山岡鉄太郎と会ったのは、それから十日ほどたったときだった。

お玉ヶ池の玄武館に行くと、山岡が一人素振り稽古をしていたので声をかけると、これから帰るところだと言う。

「少し付き合ってもらいたいのだ」

「稽古ならもう十分やりましたので……」

山岡は帰り支度をする。

「稽古ではない。おぬしと話をしたい」

山岡はどこか醒《さ》めた顔を向けてきた。

「どんな話でしょう」

大河は道場の近くにある小体な料理屋に誘った。向かい合って座ると、互いに酌をしあって、早速大河は切り出した。

「おぬしは幕臣でありながら、何故浪士の清河さんに付き合ったのだ？　おれはそのことが以前よりわからなかったのだ」

「それは一言では言えません」

「おぬしは攘夷だと言っていたが、清河さんのほんとうの狙いは倒幕だった。それには気づいていなかったのか？　おれはこういう話は苦手だが、薄々感じてはいたのだ。一介の浪士に過ぎない清河さんは、回天の先駆けになると豪語しながら、功を焦っていた。尊皇と攘夷はひとつのものかもしれぬが、そこには倒幕の意思があった。そうではないか」

大河はじっと山岡の目を見た。

「たしかに、わたしと清河さんには相容《あいい》れないものがありました。互いに尊皇というところは同じでしたが、わたしはいまでも攘夷は難しいと考えています」

「これは異なことを……」

大河は眉宇《びう》をひそめた。

「開国は欧米列強の力を知っておれば、やむなきことでした。幕府が結んだ条約にも無理があるのはわかっています。されど、それが時勢なのでしょう。わたしがいくら声高に叫んだところで、幕府ご重臣らの耳には届きません。ならば、攘夷を騒ぎ立てる志士らをうまく抑えておくべきだと考えました。清河さんはあおり気味でしたが、わたしはそこに堰《せき》を作らなければならなかったのです。さりながら朝命を奉じて攘夷決行は断行しなければならない。そのために幕府は諸藩を糾合し挙国一致のもと事にあたらなければならない。それはいまも変わることはないでしょう。そのために公武合体を強く進めています」

「清河さんは違った。自分の考えに従う浪士を集めて事をなそうとした。それが幕府を利用しての裏切りだ。そうではないか」

「……たしかに。おっしゃるとおりです」

山岡は苦そうに酒を嘗《な》めた。

「おれは政のことはわからんが、剣術なら少しわかっているつもりだ」

山岡は視線をまっすぐ向けてきた。大河はつづけた。

「刀を差しているかぎり、武士だとおれは思っている。武士とはなんぞや？」

「主君のためならば命を惜しまぬことです」

「ならば主君を守るために強くならなければならぬ。弱くては守ることはできぬ」

「いかにもさようでしょう」

「ならばなぜ剣を疎《おろそ》かにする。いみじくも将軍様に仕える身であろう」

「剣を疎かにしているつもりはありませぬ」

「おれにはそう映るのだ」

「山本さん、思い違いをされているのではありませぬか」

大河は眉宇をひそめた。

「わたしは回天の先駆けになろうという志はありません。檜舞台《ひのきぶたい》に立って、万雷の拍手を得ようとも思っていません。畢竟《ひっきょう》、事がなればよいのです。表に立とうと裏にいようと、それはどちらでもよいのです」

「事がなればよいというのはなんだ？」

山岡はふっと口の端に笑みを浮かべた。

「いまは尊皇だ攘夷《じょうい》だ、倒幕だと言ってる場合ではありません。公武合体を推し進め、日本という国がひとつにまとまって国難にあたり、その威を欧米列強に知らしめることです。幕府を朝敵と見做《みな》す輩《やから》もいますが、それは誤りです。幕府は朝廷の臣下になっても、この国を守らなければなりません。わたしはその一助となる駒であってもかまわない。わたしの言う〝事〟とはそういうことです」

大河は長々と山岡を見つめたあとで、頬に小さな笑みを浮かべた。

「山岡、おぬしを見縊《みくび》っておった。それだけ肚《はら》を括《くく》っているのなら、おれはもうなにも言わぬ。遠間《とおあい》で眺めておる」

大河はさあと言って、山岡に酌をしてやった。

「山本さんはどうされるつもりです？」

「おれは剣の道を究めるだけだ」

大河は山岡の心意気を知って、酒をあおった。

二

雪は大きくなった。いまはよちよち歩きながら、他人の手を借りずに庭に下りたり表の通りに出て遊ぶようになった。そうはいっても、まだ数えの三歳で家事に忙しいおみつは目を離せないでいた。

そんな頃、道場が妙なことになっていた。

道場を顧みず鳥取藩池田家の用に忙殺される重太郎が、尊皇攘夷を標榜《ひょうぼう》するいわゆる「草莽《そうもう》の志士」を道場にはびこらせたのだ。

彼らは母屋でおとしなくしておればよいのだが、ときどきひやかし半分に道場をのぞき見、勝手に竹刀を取って門弟らの相手をするようになった。

普段は母屋で酒を飲んで、好き勝手なことをしゃべくり合っている暇な男たちだ。重太郎や定吉の許しを得ているというので、大河は我慢していたが、それにも限界があった。

ある日、酒臭い息を吐きながら例によって道場にあらわれた者がいた。

「山本塾頭、精が出ますな。それがしにもひとつ教えてもらえませぬか」

大河は相手をにらんだ。

「稽古《けいこ》の邪魔だ。道場は神聖なる場だ。尊皇攘夷を謳《うた》っておれば、ただ飯を食えると思っている厄介者に道場を汚されたくはない」

腹に据えかねるものがあるので、つい言葉が荒くなった。

「これはまたひどいことを。愚弄《ぐろう》する気か」

稽古をしていた門弟らは稽古を中断した。

大河は強く相手をにらんでいた。

「愚弄などしておらぬ。思っていることを言ったまでだ。出ていけ」

「なにをッ。道場を預かる塾頭だと聞いて遠慮しておったが、天下国家の流れも知らぬうつけに馬鹿にされては黙っておれぬ。ならば、それがしと勝負をしてみろ！きさまは剣術馬鹿だと聞いておるが、いかほどの腕かためしてやる」

大河はこんな雑魚《ざこ》を相手にしてもためにならぬと思い、

「聞き分けのないやつだ。ただ飯ぐらいは道場に入るべからず！」

と、怒鳴った。

「許せぬっ！　勝負だ！　かかってこい！」

大河は相手をにらんだ。

「どうした？　おれが怖くて尻尾《しっぽ》を巻くか……」

そこまで言われては大河も引き下がるわけにはいかない。

「わかった。ならば、母屋にいる仲間をここに一人残らず連れてこい。そのうえで存分に相手をしてやる。行って連れてこい！」

声を荒らげると、相手は母屋にとって返した。徳次がそばにやって来てやめたほうがいいと言ったが、大河は引き下がるつもりはなかった。

待つほどもなく八人の男たちが道場にやってきた。みんな揃って着流し姿だが、なかには襷《たすき》と鉢巻きをしている者もいた。

「よし、おぬしら総掛かりでこい」

大河はそう言って、門弟に竹刀をわたせと命じた。八人が竹刀を手にすると、

「道具をつけるか？　つけなければ怪我をするぞ」

注意をしたが、そんな者はいらぬと誰もが答える。

「ならば。遠慮はせぬ」

大河は道場の中央に進み出た。とたんに、一人がかかってきた。大河は足を払い、相手が床に落ちる前に脳天に一撃見舞った。

「だらしのないやつだ、おぬしらの敵は異人であろう。おれを異人だと思って倒し

に来い。来なければおれからまいる」

　言うが早いか、先頭にいる男目がけて一気に間合いを詰めて脳天を打ち、さらに首の付け根に強い打突を見舞った。

相手はあっさり床に倒れてうずくまった。それを見た他の六人が顔色を変え、さっと横に広がって竹刀を構えた。

「やる気になったか。どこからでもよいから打ってこい！」

誘いに乗った男が正面から打ちかかってきた。大河は擦り払って、鳩尾《みぞおち》に突きを見舞った。

「うげっ……」

　相手はそのまま後ろに吹っ飛び、頭を板壁に打ちつけて伸びた。

　その間に右横から打ち込んできた者がいた。大河は相手の竹刀を撥《は》ね返して、脇腹をしたたかに打った。これもすぐに倒れた。

　背後から打ちかかってくる者がいたので、右足を軸に反転するなり、足を払って倒したうえで頭に一撃見舞った。

　休む間もなく真正面から突っ込んでくる者がいた。へっぴり腰の突きで隙だらけだ。半身をひねって小手を打ち、脳天を打った。相手は目を白黒させて倒れる。

他の者も口は達者だが、剣術の腕はからきしなっていなかった。気づいたときには八人は床に倒れうめいていた。

「そんな半ちくな腕で攘夷ができると思っているのか。出直してこい！」

大河の一喝で、八人の居候は苦しそうな顔で頭や腹をさすりながら、すごすごと道場を出ていった。

しばらく、道場はしーんと静まっていたが、誰かがくすくす笑いを漏らすと、それに釣られたように門弟たちが笑い出し、大河もおかしくなって笑った。

その日の夕刻、大河は重太郎に呼ばれて母屋に足を運んだ。昼間のことで叱責《しっせき》を受けると思ったが、そのときは言葉を返すつもりだったし、話したいこともあった。

座敷に行くと、重太郎はいつものように火鉢の横に端然と座っていた。そのとき、居候の浪人たちは一人もいなかった。

「ここにいる居候たちに、昼間灸《きゅう》をすえてやりました。そのことでございましょうか？」

大河は先に口火を切った。

重太郎は片眉《かたまゆ》を動かし、失明している右目に手をあてて訝《いぶか》しげな顔をした。

「どういうことだ？」

大河は昼間の顚末《てんまつ》を正直に話した。

「ま、それはよい。じつはこの道場のことだ」

重太郎は昼間のことは意に介さずつづけた。

「藩邸からも不逞《ふてい》の輩《やから》を養うべからずという注意を受けたばかりだ。なかには脱藩浪士もいたので、お上も目をつけていたのだろう。さような仕儀になったのはわたしの不徳である。以降慎むので迷惑はかけぬ」

大河は心なし胸を撫《な》で下ろした。

「それにしても我が身が忙しくて、おぬしには迷惑をかけておる。修行もままならぬことも承知しておる。さりながらもう少し頼まれてくれぬか」

「道場での指南でございましょうか」

「うむ」

大河は言うべきか、いまここで言わぬほうがよいかと短く思案した。それを見た重太郎は、なにか考えがあるのだろうと、先読みしたことを口にした。大河は膝許《ひざもと》に落としていた視線を重太郎に戻した。

「先生はこの道場の師範です。定吉先生のあとを継がれる方でございましょう。池田家に召し抱えられたことは目出度《めでた》いことだと思いますが、あまりにも道場をおろそかにされていませんか」

「わたしも斯様《かよう》なことになるとは思わなかったのだ。されど、時勢が変わり池田家のお役を擲《なげう》つわけにもいかぬ。諸国の藩がそうであるように鳥取藩も、じっとはしておれない。そのために父定吉もしっかり務めている。蔑《ないがし》ろにできぬことがあるのだ」

「詳しいことはわかりませんが、先生も定吉先生も一廉《ひとかど》の剣術家ではありませんか。それなのに、尊皇だ攘夷《じょうい》だという風に流されている。わたしは面白くありません。伺いますが、剣術と池田家ご奉公のどちらが大切なのです?」

「……どちらもだ」

重太郎は短い間を置いて、はっきり答えた。

火鉢の炭がぱちっと爆《は》ぜた。

「剣術を究めきったので、池田家にご奉公する。さようなことですか?」

「そうではない。盤石だった幕府の足許が揺らいでいるいま、剣術だけに打ち込むことができぬのだ。いずれ、世の中が落ち着けば、わたしはこの道場をしっかり守るためにはたらく。それは遠い先のことではない。それまでの辛抱をしているだけだ」

「それはいつのことです？　来年、いや二年三年先ですか？」

「はっきりとは言えぬこと」

大河は挑むような視線を重太郎に向け、思いを決めた。

「先生、長年お世話になっておきながら心苦しいのですが、我が儘《まま》を聞いてくださ
い」

「…………」

「いますぐにというわけではありません。今年いっぱいは指南役を務めまするが、
わたしは道場を出たいと思います」

重太郎の眉がぴくっと動いた。

「道場を出ていかがする？」

「まだはっきり決めてはいませんが、剣の道を捨てないのはたしかです」

重太郎は押し黙った。腕を組んで口を引き結び、視線を短く彷徨《さまよ》わせた。

「わかった。もう肚《はら》を括《くく》っているのだな。引き留めはせぬが、残念だ。されど、お
ぬしには世話になった。礼を申さなければならぬ」

「いえ、礼をしなければならぬのはわたしのほうです。ご理解いただき恐縮でござ
います」

「大河、あらたまるな。おぬしらしくない。だが、そうだな。おぬしの言うことは至極もっともだ。苦しんで考えたのであろうが、よくぞ言ってくれた」

「なにもご恩返しはできませんが、今年いっぱいは門弟らの面倒をしっかり見ます。それだけはお約束します」

「承知いたした」

三

その年は大過なく過ぎた。

しかし、大河の知らぬ遠い地においていろんな動きがあった。

七月にはイギリスの軍艦が薩摩に砲撃をくわえ、薩摩が反撃するという衝突があった。八月には土佐の脱藩浪士・吉村寅太郎《よしむらとらたろう》らが公卿《くぎょう》の中山忠光《ただみつ》を主将にして天誅《てんちゅう》組を組織し、大和国にある五条《ごじょう》代官所を襲撃し、勝手に天朝直轄地と決め「御政府」と称した。

しかし、五条代官所は天領であったので幕府から逆賊と見做《みな》され、朝廷側からも追討命令が下され、九月末に壊滅させられた。

さらに長州を主導する過激な尊攘志士が、三条実美《さんじょうさねとみ》ら公卿と結託して、攘夷親征の詔を発して倒幕と王政復古の実現を計画した。しかし、会津をはじめとした二十七藩が猛烈に反撥《はんぱつ》し、結果、三条実美ら公卿七人は長州へ都落ちすることになった。

「京では攘夷だ倒幕だ、公武合体だという騒ぎが大きくなっているようです」

そんな話をするのは例によって徳次である。

「わしにはようわからんことだ。ややこしいのぉ」

九蔵はつるし柿を食いながら茶をすする。大河の家の座敷でのことだ。

大河は徳次が持ってきた瓦版《かわらばん》を読んでいたが、

「おれにもこういうことはさっぱりわからん。攘夷と言ったくせに、攘夷を止める者もいるということか」

と、丼《どんぶり》に盛られた蒸《ふ》かし芋を手にした。

「それにしても、この話は八月のことだろう。その後どうなっておるんだ」

大河は芋を頰張って徳次を見る。

「いまはどうなってんでしょう。また、聞いてきます」

徳次の情報源は日本橋にある本屋「須原屋」に出入りしている次助という瓦版屋である。

しかし、その情報は実際の事件発生から遅れて入ってくる。京で起きたことも、早くて一月《ひとつき》後といった具合なので、もっぱら江戸近郊の話が多かった。

「それで山本さん、道場での指南は今年でやめるとおっしゃいますが、来年はどうするんです？」

九蔵が顔を向けてきた。

「どうするか考えてはいるが、道場を開こうと思う。どこに開くか、それはおいおい探すしかないが……」

言葉を切った大河は道場を持つにあたり元手が悩みの種だ。日々の暮らしには不自由していないが、新たに家を借りるとなるとそれなりの金がかかる。十両や二十両ではできないのはわかりきっている。

「わたしもついていきます」

徳次が目を輝かせる。

「おまえはだめだ」

「は……」

徳次は目をぱちぱちと瞬《しばた》いた。

「千葉道場の門弟を連れて行くのは、世話になった道場に弓を引くようなもんだ。

そんな不義理はできぬ。そうであろう」

「まあ……」

「おまえはまず免許を取るように励め。それが先だ」

「それじゃ、もう山本さんからは教えてもらえないのですか」

徳次は淋《きび》しそうな顔をしてうつむいた。

「馬之助がいる。やつはおれより教え方が上手だ」

「そうおっしゃっても、わたしはずっと山本さんについていこうと思っていたのに」

「まあ、様子を見て半年か一年後ならかまわんだろうが、おれが道場をやめたからといって、すぐにやめられたら困る。わかってくれ」

「わしはいいんですね」

九蔵が顔を向けてきた。

「おぬしはかまわん」

九蔵は正式な千葉道場の門弟ではない。ときどき稽古《けいこ》に来ていいと、大河の計らいで許しを得ているだけだ。

「それじゃ道場探しを手伝わせてください」

九蔵はもうその気になっている。

「そのときは頼む。ただ、じっくり探したい。急いだばかりに後悔したくないからな」

「もっともなことで」

大河は師走《しわす》になって、お玉ヶ池に行き、道三郎と久しぶりに会った。すでに道三郎は大河が道場を去ることを重太郎から聞いていたらしく、

「いつかその日が来るとは思っていたが、残念である。おまえにはずっと道場に残っていてほしかった。重太郎さんも同じ思いだろうが、これぱかりはしかたあるまい」

と、理解を示した。

「それで、どうするのだ?」

「道場を開こうと思います。まだどこにするか決めてはいませんが、年が明けたら探そうと考えています」

「そうか、それはそれで楽しみであるな」

「うまくいくかどうかわかりませんが、やると決めたからにはいい道場にしますよ」

「そうなることを願う。それにしても……」

道三郎は言葉を切って火鉢の炭をいじった。

障子越しのやわらかな光に満ちている玄武館母屋の座敷で、二人は向かい合っていた。

「なんでしょう？」

「うむ。門弟が少なくなった。まあ、こんなご時勢だからしかたないだろうが、父上が仕切っていた頃とは大違いだ。あの頃はいい弟子がいた。剣術は江戸を席巻していた。それがいま、廃れつつある。そんな気がしてならん」

道三郎が言うように、たしかに以前のような剣術熱は感じられない。玄武館が隆盛時には、四天王と呼ばれた森要蔵《もりようぞう》・庄司弁吉《しょうじべんきち》・塚田孔平《つかだこうへい》・稲垣定之助《いながきさだのすけ》をはじめ、腕の立つ剣客がいたが、いまはその門人たちに匹敵する者はいなかった。

「刀の時代は幕府の時代とともに消えるかもしれぬ」

道三郎はどこか淋しそうな顔をしてつぶやく。

「幕府が潰《つぶ》れると、道三郎さんは考えているので……」

「どうなるかわからんが、諸藩の多くは幕府に信を置いておらん。こんな話は好かぬだろうが、黒船がやって来てからなにもかも変わりつつある」

「時代がどう変わろうが、剣術は消えはしませんよ。消えたらおかしいです」

そう言う大河を道三郎は静かに見てきた。

「この国は武の国ではありませんか。何百年にわたり受け継がれてきた兵法にしろ剣術にしろ、あっさり消えるわけがない。たとえ、幕府がなくなったとしても、剣術は後世に伝えていかなければならない。道三郎さん、それはあなたの使命でもあるのです。水戸家に召し抱えられて弱気になりましたか」

道三郎はそうだなとつぶやいてから言葉を足した。

「たしかにおまえの言うとおりだろう。おれもいまの世の中が落ち着いたら、道場を盛り立てる。そうしなければ、父にも先立った二人の兄にも申しわけが立たぬ」

「是非にもそうしてください」

大河が力強く言ったとき、廊下から声があった。

「真田範之助、ただいま水戸より帰参いたしました。山本さんが見えていると聞き、会いにまいりました」

「範之助か、かまわぬ入れ」

四

「いつ戻ってきた？」

道三郎は座敷に入ってきた範之助に訊《たず》ねた。

「昼前に藩邸に着いたばかりです。此度《こたび》は少し長くいましたので、江戸を懐かしく思いました。山本さん、千葉道場をお辞めになるらしいですね」

範之助が顔を向けてきた。大河が独立する話はもう伝わっているようだ。

「来年からは独り立ちだ。道場を開いたら是非遊びに来てくれ」

大河は範之助の顔を見て言った。

「どこではじめられるのです？」

「まだなにも決まっておらぬ。範之助、疲れておるか？」

水戸から帰ってきたばかりらしいので聞いたのだった。

「疲れてなどおりませんよ。それに藩邸で昼餉《ひるげ》をたいそういただきましたので……」

範之助は清々《すがすが》しく笑い、白い歯を見せた。

「たまには相手をしてくれぬか」

「望むところです」

範之助は快諾したあとで道三郎を見、

「いろいろ話がありますが、後ほどゆっくりします」

道場で支度をしておくと、大河に言って去った。

「あの男、大分逞《たくま》しくなった」

大河が感心顔をすれば、

「技を錬磨している。いまやおれも勝てぬほどだ」

と、道三郎が言葉を添えた。

「それならお楽しみです。では、わたしも道場へ」

大河が立ち上がると、道三郎もあとで自分も行くと言った。

道場に入った大河は羽織を脱ぎ、袴《はかま》の股立《ももだ》ちを取って道具をつけた。先に道具をつけ終わった範之助が腰をあげたのを見て、大河も立ち上がった。他の門弟たちの邪魔にならないように、見所脇の空間が二人の稽古場《けいこば》となった。

「範之助、地稽古をやろう」

「承知しました」

地稽古は試合形式で行い、勝とうが負けようが互いの力が尽きるまでやる。体力は使うが実戦的な稽古法だ。

互いに竹刀を中段に取って対峙《たいじ》すると、自分の間合いをはかるために下がる。範之助は技を錬磨していると、道三郎から聞いたのでいかほど上達したのか、大河は楽しみになった。いま江戸において大河と互角に戦えるのは、馬之助と目の前の範之助しかいない。

「いざ」

大河が前に出ると、範之助も短く気合いを発して出てきた。

範之助は中段から右脇構えに変え、歩み足で詰めてくる。上段から打ち込もうとしたとき、大河も竹刀を上段に運んだ。

範之助が打ち下ろしてくる瞬間、大河はその竹刀を斬り下げるように動かし、そのまま突きを送った。

「うっ」

大河の早技に範之助は驚いたように目をみはった。

そのまま両者は離れ、互いの隙を探す。範之助の足の運びは堂に入っている。無駄な動きがなく、光る双眸《そうぼう》は大河の目を射るように見ている。爪先《つまさき》から指先まで神経を張り詰めさせているのがわかる。

周囲では門弟らの気合いや竹刀のぶつかる音がしているが、大河と範之助のいる場所だけ異空間と化していた。

大河は楽しかった。

範之助の腕が上がっているのは、さっきの動きでよくわかった。

（おまえ、強くなった）

内心でつぶやき間合いを詰める。範之助は中段に、大河も中段に構えるが、切っ先は相手の股間《こかん》のあたりに向けられていた。

自分の間合いに入ったとき、大河は細かく竹刀を突き出した。突き突きの二段である。範之助は下がらずに左に払いかわし、竹刀を即座に上段に移した。その刹那《せつな》、大河は範之助の右小手を打った。

連続で勝ちを譲った範之助の目の色が変わった。口を強く引き結び、自分の間合いに下がり右脇構えで出てくる。

下位の者と立ち合うと無闇矢鱈《むやみやたら》に打ち込んでくるが、力量のある範之助は自分の呼吸と相手の呼吸を見、さらに無駄な動きを省く。竹刀の運び方も打突にも力感は見られないが、実際の動きは電光のように俊敏である。

竹刀が動いた瞬間に勝負は決する。だから大河も慎重に足をさばかなければならないし、範之助の息を読まなければならない。

範之助はまたも右八相に構えた。大河は剣尖《けんせん》を範之助の喉元《のどもと》に向けた中段で前に出る。

その瞬間、範之助が斬り下げるように竹刀を振ってきた。大河は左足をわずかに引き、素速く引きつけると同時に突きを送り込んだ。範之助は大河の竹刀を撥《は》ね上げるように動かす。そこへ大河は小手を決めた。またもや大河が一本取った。素速く両者は離れ、つぎの勝負に出る。範之助はまたもや右八相。大河は中段。

間合いに入った瞬間、範之助が竹刀を振り下ろす。大河も一瞬で上段に運んだ竹刀を下ろす。互いの竹刀がぶつかると同時に、両者は腹を狙って突きを見舞った。相打ちの恰好《かっこう》になった。真剣なら刺し違えたことになる。

大河が下がった刹那、範之助が左脇を引いた竹刀を大河の顎《あご》目がけて振ってきた。大河は打ち払うと同時に半身を左に送り出し、即座に小手を打った。

「まいりました」

範之助は大きく下がって頭を下げた。

「まだまだ」

「いいえ、かないません。やはり山本さんの域には達していないということがわかりました。もう十分です。ありがとうございました」

ほんの短い稽古ではあったが、範之助の顔には汗が浮かんでいた。大河は物足りなさを感じたが、たしかに範之助が腕を上げたことを知った。

一度九蔵が使った無外流の技を試したかったが、それはつぎにしようと考えた。

「水戸での指南はいかがだ？」

「ここでの指南と変わりはしません」

二人は窓際に座って汗をぬぐった。

「ただ、稽古は毎日ではないので水戸のほうは楽です。稽古にやってくる藩士が少なくなっているからです」

「どうしたわけで……」

大河は脇の下をぬぐって範之助を見た。

「水戸も攘夷《じょうい》の気運が高まっています。わたしは暇なときに武田耕雲斎様の教えを受けていますが、武田様は藩士ばかりでなく近隣の町や村に出かけ攘夷を訴えられます。とくに外国の駐留する横浜の鎖港を行使すべきだと説かれています。わたしも江戸に近い横浜を異国に開いたのは幕府の失策だと思います」

範之助はいきなり攘夷の話を持ち出してきた。大河はその話を遮った。

「範之助、おまえもまわりに流されたか。止めはせぬが、ほどほどにしておけ。清河八郎さんがどうなったか知っておるだろう」

「話を聞いて驚きました。試衛館の近藤さんと袂《たもと》を分かたれたことも聞いています」

「近藤さんらは京から戻ってこないようだ」

「戻ってきませんよ。あの人たちは『新選組《しんせんぐみ》』と名乗って京都の市中見廻《みまわ》りをやっているそうです」

「新選組……」

「わたしは多摩の出ですが、近藤さんらも多摩の出なので、そういう話は早く伝わってくるんです。みなさん、ほうぼうでご活躍です。わたしもなにかしたいと思うのですが……」

「やめろやめろ、おまえは剣術で身を立てることを考えておればよいのだ。かく言うおれもそうであるが……」

大河はそう言ってからからと笑った。

五

文久四年（一八六四）の正月が明けた。

大河は昨年の暮れに桶町千葉道場を去り、自分の道場開設のために市中を歩きまわっていた。いくつか候補があった。

ひとつは本所緑《みどり》町。ひとつは深川相川《あいかわ》町。ひとつは小網《こあみ》町の計三つだった。

本所緑町は近くに武家屋敷が多く、旗本御家人の子弟が集まりそうであったが、見つけた空き家が狭く、よくよく検分すると道場には不向きなことがわかった。

深川相川町は商人地で近隣には旗本や御家人屋敷、あるいは大名家の下屋敷などはあるが、門弟がいかほど集まるか疑問だった。ただし、空き家は広く、少し手を加えれば五間四方の道場が作れそうだった。

小網町は場所的には申し分なかったが、目をつけた空き家は小さく、道場と住まいを兼ねるためにはいささか手狭だと判断した。

結果、深川相川町の空き屋敷がもっとも適当と思われた。しかし、大河は他にもあるのではないかと粘って探し、芝口《しばぐち》一丁目をもうひとつの候補に挙げて思案した。

だが、芝口一丁目は桶町の千葉道場に近い。先のことはわからないが、世話になった千葉道場と門弟の取り合いになったら申しわけないと考え、

「深川相川町の屋敷を借りることにした」

と、おみつに告げた。

「それじゃ引っ越しの支度をしなければなりませんね」

「その前に金の算段をしなければならん。そこが頭の痛いところだ」

「高いのですか？」

おみつが不安そうな顔を向けてくる。

「安くはない」

深川相川町の空き家は、道場には申し分のない広さがある。住居を兼ねることもできるのでなんとかしたいが、借りるにしても買い取るにしてもその元手が足りない。

売主は賃貸しより売りたがっている。所有するには沽券《こけん》という売買証文を買わなければならない。これは権利書であり、沽券を手にすればその後の売買も可能になる。

されど大河にとっては高すぎる。売主との話では都合三百六十両だった。そんな金は逆立ちしたってない。ないが、土地の広さは十分だし、上物の建物も少し手を入れるだけで使える。

沽券は買い取れないが、なんとか賃貸しにしてくれないかと掛け合っているところだった。賃料だけなら相場を考えると、月に二両三分である。

「元手が心配なのですね」

「うむ」

大河は徳次の実家・吉田屋に相談しようか悩んだが、これまでもさんざん世話になっている。これ以上甘えるわけにはいかないと考えていた。

「店借《たなが》りできないか、もう一度掛け合ってこよう」

大河は売主と会うために深川に行ったが、話はまとまらなかった。

その帰り道、茶屋に立ち寄りどこかに空き家はないだろうかと、店の者に聞いてみると、「備中《びっちゅう》様のお屋敷の東に、造作付きの空き家がありますよ。もうずいぶん借り手がないままになっていますけど……」

と、教えてくれた。

大河は詳しい場所を聞いて、早速足を運んでみた。その貸家は深川加賀町にあり、油堀《あぶらぼり》の北側、大多喜《おおたき》藩松平備中守下屋敷の東側で角地だった。長屋の一画ではあるが、広さは間口七間半、裏行五間半。店賃《たなちん》は月に一両四分となっていた。

大河は目を光らせた。ここなら借りることができる。道場は狭くなるが、なんとかやれそうな気がした。

早速大家と掛け合ってみると、話はとんとん拍子で進み、店借りできることになった。引っ越しをしたのは二月に入ってからで、大河は道場としての体裁を整えるために、大工を入れて造作にかかった。

すべての作業が終わると、「無双一刀流《むそういっとうりゅう》　山本道場」という看板を掲げた。さらに、玄関脇に幟《のぼり》を立て、貼り紙をした。

それには「天下一之剣法」と謳《うた》い、「他流試合大いに歓迎」と記した。

道場は四間四方で、その隣に納戸と三畳の居間。住まいのために二階を造作したので、狭いながらも庭を設けることもできた。

しかし、すぐに門弟は集まらない。もの珍しそうに玄関から顔をのぞかせる者はいるが、入門したいと言ってくる者はいなかった。

引っ越しの手伝いから道場に改築するために手伝った九蔵も、

「先生、いっこうに来ませんね。江戸は剣術熱が冷めていると耳にしましたが、どうなるんでしょう」

九蔵は道場主になった大河のことをいつしか「先生」と呼ぶようになっていた。

「慌てることはない。そのうち入門したいという者は必ずやってくる」

大河はそう言ったが、内心不安でもあった。金をかけて道場を作ったはいいが、ほんとうに入門者が集まらなかったら、無駄に金を捨てたことになる。余裕のある金は残っていないので、稼ぎがなければ借金を考えなければならなかった。

雨が降り、梅の花が咲いたと思ったら、もう散りはじめていた。

元号が変わったのは、そんな頃で、文久から元治《げんじ》元年とあらためられた。これは甲子《かっし》革令の因習に則《のっと》ったもので、六十年に一度の甲子《きのえね》の年は変事が多く、厄災を避けるため推古《すいこ》天皇時代から行われている改元だった。

ところが因習どおりにその年は波乱が頻発した。その最たるものが、京において長州藩兵と会津・桑名《くわな》・薩摩藩の兵が衝突した蛤御門《はまぐりごもん》の変だった。

大砲や鉄砲を用いての戦いとなり、戦火は市街に及び、約三万戸が焼失するという大事件となった。長州はこの戦いに破れ一掃されたが、朝廷と幕府は長州を朝敵と見なし、長州征伐へつながってゆく。

また、この蛤御門の変が災いし、翌年の四月に再び改元され慶応《けいおう》元年となる。

江戸で道場経営に乗り出した大河は、京都で軍事衝突が起きたことなど知らずに、おのれの剣の修行と、門人集めに苦労していた。

道場を開いて二月《ふたつき》ほどたつと、ぽつりぽつりと門弟が集まるようになり、夏の終わりには約三十人ほどの弟子が通ってくるようになった。

その間、徳次が遊びに来たり、柏尾馬之助や真田範之助も顔を見せたりもした。馬之助が来れば、大河は稽古《けいこ》相手になってやり、範之助が来ればまた竹刀を合わせた。

「ついに免許をいただきました！」

徳次が目を輝かせて道場にあらわれたのは、幕府が朝敵となった長州を処罰するために三十五藩の兵、約十五万人が動いたときだった。

「約束どおり、わたしをこの道場に入れていただけませんか」

徳次は床に額を擦《こす》りつけて懇願した。

「わたしは山本さん、いえ先生にずっとついて行くと心に決めているのです。それは前から変わらぬことです。お願いいたします、お願いいたします」

徳次はひたすら頭を下げて頼み込む。

「頭を上げろ。おれは約束したことは守る。しかし、思いの外早く免許をもらえてよかったな」

「はい、わたしもほっと胸を撫《な》で下ろしました」

「ここに来るのはよいが、重太郎先生には筋を通して話をしなければならぬ。けっして後足で砂をかけるようなことはしたくないからな」

「はい、それはもう悉皆《しっかい》承知しております」

六

それは軒先に吊《つる》された風鈴がしまわれ、夜になると虫がすだくようになった頃だった。

玄武館で塾頭を務める傍ら、水戸に出かけては弘道館《こうどうかん》で剣術指南の手伝いをしていた真田範之助が訪ねてきた。

日が暮れたあとだったので、稽古をしに来たのではないとわかった。大河は道場の二階にある住居にいざなって酒を飲んだ。

しかし、範之助はいつもと違い、なにやら躊躇《ためら》っている様子だった。

「どうした？　なんだかおかしいではないか」

大河が酌をしてやると、範之助はまっすぐ目を向けてきて、

「わたしも攘夷《じょうい》の先鋒《せんぽう》となって戦いたくなりました」

と言った。

「……おぬしも世の中の風に流されているのか。まあ、おれには関わりのないことだが、なにを悩んでおる」

「水戸は二つにわかれています。お聞きになっていませんか？」

大河は聞き知っていた。

水戸家は強硬に攘夷を断行しようとすると一派と、攘夷に反対ではないが、大勢を見てから動くべきだと慎重な姿勢を崩さない一派にわかれていた。

「わたしが水戸にて師と仰ぐ武田耕雲斎様は、攘夷は先《ま》ずもって横浜の鎖港からはじめなければならぬとおっしゃっています。将軍お膝許《ひざもと》に近い場所に居座る異国を突き放さなければ、攘夷はならぬと。そして、いまその動きがあります。この春、同志たちが筑波山《つくばさん》で挙兵し、下野《しもつけ》の太平山《おおひらさん》に屯集いたしました。水戸では、この人たちのことを天狗党《てんぐとう》と呼んでいます」

「天狗党……」

「はい。天狗党は横浜鎖港の実行こそが、ほんとうの攘夷になる。それが真の意味での攘夷のはじまりだと考えています。わたしもそう思います。さりながら幕府は重い腰を上げず、横浜の異人たちを野放しにしています」

「異人斬りをしたいと言うか……」

範之助は首を振った。

「大事なのはアメリカをはじめとした異国と結んだ条約を破棄し、即刻日本から出て行ってもらうことです。それには幕府が動かなければなりません。朝廷も攘夷は必須《ひっす》だと言っているのですから、幕府の弱腰をこれ以上見ているわけにはいかないのです」

「すると、おぬしも天狗党に入って戦うと……」

「そうしたいところですが、うまくいきません。下手に動けば世話になっている道場に迷惑をかけることになります」

「道場をやめて天狗党に走りたいが、道場には義理があるし、恩義も感じている。だから迷っている。さようなことだな」

範之助はこくりとうなずいた。

「山本さんならいかがされます？」

「そんなことをおれに聞きに来たか……」

大河は短いため息をついて、開け放している表に目を向けた。帳《とばり》の下りた町屋の屋根が見え、空には星たちが瞬き、虫の声が聞こえてくる。

範之助は自分の悩みを玄武館の門人には打ち明けられないので、自分のところに来たのだと大河にはわかった。

「天狗党は攘夷を決行するために、軍資調達を急いでいます。戦いには爆薬やそれなりの武器も揃えなければなりません。しかし、うまくいっていません。下野の栃木で金の工面をしたようですが、思いが叶《かな》わぬことに腹を立て、天狗党の同志が火をつけ町を焼いたりもしています」

「それは逆恨みだろう。馬鹿なことを……」

大河は首を振って、言葉をついだ。

「天狗党の狙いは横浜にいる異人たちの居留地だろうが、なぜ下野や筑波でうろうろしているのだ。居留地を狙うなら、さっさと横浜へ行って襲撃すればよいではないか」

「反対している水戸藩の兵が邪魔をしているから、天狗党は横浜へ行けずにいるだけです。もっとも軍資の調達が十全でないということもあります」

「すると天狗党は思惑どおりに動けないでいるということか。範之助……」

大河は範之助を見つめた。

「おれがとやかく言ってもおぬしの肚《はら》は決まっているのだろう。攘夷に毒されて、魂を悩ませているだけだ。おれにはわからぬことだが、天狗党の片棒を担ぐなら勝手にやればよい。ただし、道場にだけは迷惑をかけるな」

大河に言ってやれるのはそれだけだった。

範之助の目がきらっと光った。

「そうおっしゃっていただき、気持ちが晴れました。道場には迷惑など決してかけません。話を聞いていただきありがとうございました」

範之助は頭を下げ、刀を引き寄せて立ち上がった。

「やるなら命を捨てる覚悟でやれ」

「肚は括《くく》っています」

範之助はそのまま座敷を出て行った。大河はしばらく目をつむって気を静めた。相談に来た範之助の背中を押した恰好《かっこう》になったが、果たしてそれでよかったのかと思った。

しかし、いずれにしても範之助自身が決めることである。大河は強く引き止めてもよかったが、話を聞いているうちに無理だと悟った。範之助は止めても行く男だ。

「それにしても攘夷攘夷と騒ぎ立てやがる。そんなに攘夷が大切なら、幕府はなぜ動かないのだ。それがおれにはわからん」

大河は吐き捨てるように独り言をつぶやき、暗い表を眺めた。

七

大河の開いた無双一刀流山本道場の門弟が増えた。とは言っても、四十数人である。もっと増やさなければ道場経営は成り立たないが、大河は焦りはしなかった。いずれ門弟は増える。

確信も根拠もないが、大河にはそういう自信があった。実力はもはや江戸一番の大河である。そんな噂を聞いてくる者もいた。

「練兵館や士学館、そして大千葉にも小千葉にも先生に勝てる高弟はいないと伺い入門のお許しをお願いしたく存じます」

そう言って頭を下げたのは、信濃松代《まつしろ》藩真田右京大夫《うきょうのだいぶ》の家臣、安東七兵衛《あんどうしちべえ》だった。大千葉とは玄武館のことで、小千葉とは桶町千葉道場をさす。巷間《こうかん》ではそう呼ばれることがあったので、安東七兵衛はそう言ったのだ。

「わたしより優れている剣術家はもっといる。だが、剣術は鍛錬次第でいくらでも上達する。すべてはおのれの心得次第だ。励んでもらいたい」

入門の許しを得た安東七兵衛は期待顔で帰って行ったが、その数日後には三人の仲間を連れて来た。いずれも同じ真田家の家臣だった。

もちろん大河は入門を許した。それまでの門弟のほとんどは商家の子弟が多かったが、下士とは言え主君に仕える侍が入ったことで道場の空気が引き締まった。

大河は決して甘い指導はしなかった。一日素振り千回を義務づけた。これは道場でやってもよし、家に戻ってやってもよしとし、道場では打ち込み稽古《けいこ》を繰り返させ、相応の腕のある者には型稽古と掛かり稽古を行わせた。

どの稽古にも大河が立ち合い、手が足りないときには九蔵と徳次にまかせた。

日に日に山本道場の活気は増していった。

そんな頃、真田範之助は那珂湊《なかみなと》にて、師と仰ぐ武田耕雲斎らと合流していた。那珂湊はいまの茨城県ひたちなか市にある。下野の那須《なす》方面から流れきて、太平洋に注ぐ那珂川河口の左岸一帯だった。

範之助は天狗党を援助するために同志を集めたり、軍資金の調達をしていたが、思うようにいかなかった。こうなったからには天狗党本隊と合流し、いっしょに戦おうと決めていた。

しかし、天狗党は水戸家の「諸生党《しょせいとう》」と呼ばれる反天狗党と幕府軍に阻まれ苦戦を強いられていた。幕府軍は宍戸《ししど》・佐倉《さくら》・棚倉《たなぐら》・古河《こが》藩など常陸と下総《しもうさ》の諸藩で組織された大軍だった。

「なぜ、こんなところにいるんだ？」

葦藪《あしやぶ》のなかで範之助は天狗党の一員である天野《あまの》光一郎《こういちろう》という男に聞いた。

天野は胡坐《あぐら》をかいて、槍《やり》を立てて範之助に顔を向けた。

その顔には無数の傷があり、負傷しているらしい腕に晒《さらし》を巻いていた。泥と汗染みで汚れた晒には、血のにじみもあった。

「進軍できないからです。栃木で軍資の算段ができず、仲間が町を焼いたのがよくなかったのです」

天野はまだ二十歳そこその水戸家の足軽だった。

「なぜ町を焼いたのだ」

「足利《あしかが》藩に軍資の手助けを頼んだのですが、断られたからです。筑波山で挙兵したのはいいのですが、そのあとは苦難つづきです。江戸に上ろうとしても下妻《しもつま》で幕軍に阻まれ、小金《こがね》でも追い返されました」

天野は苦々しい顔で言ってそっと立ち上がり、那珂川の対岸をのぞき見た。対岸には幕軍の旗指物がはためき、騎馬武者が川沿いを何騎も闊歩《かっぽ》していた。具足姿の兵はざっと見ただけでも五百人は下らない。

そればかりではなく、天狗党の背後にも数百人の幕軍の姿があった。天狗党は完全に包囲されていた。逃げ場はあるが、そちらは海である。しかし、そこにも幕府海軍の黒龍丸《こくりゅうまる》がにらみを利かせ砲門を開いていた。

「武田様はどうされるおつもりだ？」

範之助はまだ武田耕雲斎に会っていなかった。

「この窮地をうまく脱したら、そのまま京に上られるつもりです」

「めざすのは京ではなく横浜ではないのか」

「横浜へ行くには江戸を通らなければなりません。おそらく江戸は固く守られているはずです。ここを見ればおわかりでしょう」

どこかで「わーっ」という喊声《かんせい》があがった。

範之助は騒ぎになっているほうを見た。幕府軍の一隊が、那珂川の上流をわたりはじめたのだ。また天狗党の背後にいる幕府軍にも動きがあった。パーンと乾いた音がした。鉄砲が放たれたのだが、どちらが撃ったのかわからない。

「京へ行ってなにをするのだ？」

範之助はまわりを囲んでいる幕府軍から天野に顔を戻した。

「尊皇攘夷《じょうい》の素志を朝廷に訴えるためです。こうなれば幕府を説き伏せることはできませんか。朝廷を味方につけて攘夷を決行するしかないのです」

「天狗党はここに何人ぐらいいる？」

「おそらく千人ぐらいです。幕府側は我々に帰服するよう訴えていますが、帰服すれば殺されるのはわかっています。殺されずとも切腹を命じられるか、厳罰を受けるのは目に見えています」

範之助は立ち上がって自分がやってきたほうを見た。来るときには幕府軍は見えなかったが、たった半日で形勢が一変していた。自分の来た方角には、幕府軍が通せんぼうをするように陣を張っていた。

範之助と天野のそばには十数人の仲間がいたが、みんな疲れ切った顔をしていた。この窮地を脱するには、死を覚悟して幕府軍と戦うしかない。

（ここはほんとうの戦場ではないか……）

範之助はそんなことを胸中でつぶやき、ぐいっと刀の柄《つか》を押し下げて立ち上がった。そのとき藪をかきわけてきた男がいた。

「みんなこれから戦いだ。活路を開いて脱出し、我らは京へ向かう。あとにつづけ」

男はぎらつく目でそう言うと、引き返していった。集結していた天狗党が動きはじめたのはすぐだった。

「行きましょう」

天野が範之助をうながしたとき、川上のほうで喊声が沸いた。先陣を切って幕軍に斬り込んでいった者たちがいたのだ。

それは範之助のいる場所から二町（約二一八メートル）ほど先だった。川の土手道で斬り合い、槍で突き合い、そして取っ組み合っている者たちが見えた。

ズドーン！

轟音《ごうおん》が洋上でしたかと思うと、天狗党の陣地近くで大きな破裂音がして地面が抉《えぐ》られ土煙があがった。黒龍丸が大砲を放ったのだ。それが二度三度とつづき、着弾した弾丸が地響きとともに土煙を舞いあがらせた。

対岸に陣を張っていた幕府軍も動きはじめ、舟を使ってわたってくる者たちもいた。数は圧倒的に幕府軍のほうが多い。

範之助はこれでは犬死になると考えた。こんなところで戦っても攘夷はかなわぬ。ならばどうするか？

範之助は忙しく考えた。もはや武田耕雲斎に運は味方していないとも感じた。

「天野、待て」

範之助は先を歩いていた天野を追いかけて片腕をつかんだ。

「おれと横浜に向かおう」

天野は目をみはった。

「天狗党は横浜を鎖港するのが大きな狙いだった。そうであろう」

「………」

「だったら、横浜に行くべきだ。おれは横浜へ向かう。京には行かぬ。一矢を報いるのだ」

「ひとりで横浜を……」

範之助は首を振った。

「一旦《いったん》江戸に戻り、仲間を募る。江戸には横浜鎖港は必須《ひっす》だという者が何人もいる。その者たちを集めて、攘夷決行だ。朝廷を頼りにするのは武田様にまかせておけばよい」

「できますか……」

天野は目をみはった。

「やるのだ」

「されど、どうやって横浜へ？」

「舟がある。一旦沖に出て、この川の向こうにわたり、江戸に向かう」

天野は戦いのはじまっている川の上流に目を向け、それから範之助に顔を戻した。

「できますか？」

「やるのだ」

第六章　上野《うえの》へ

一

「先生、また立ち合いを望む方が見えました」

道場の二階の座敷で休んでいた大河のもとに徳次がやって来た。

「今度はどこの誰べえだ？」

最近、大河に試合を申し込みに来る者が増えていた。大河の噂を聞いてのことか、それとも道場表に、これ見よがしに「天下一之剣法」「他流試合大いに歓迎」と染め抜いた幟《のぼり》を立てているせいかわからなかった。

しかし、試合を申し込んでくる者は威勢はいいが、いざ立ち合ってみるとさほどの腕ではなかった。

「ご当人はなにも言わないのですが、付き添いの方がこの方は〝講武所の虎〟と呼ばれた剣客で、三味線堀《しゃみせんぼり》にも道場を構えておられる先生。是非にも一手お相手願いたいと。なんだか堅苦しいことを言います」

「すると道場の当主で講武所にて師範を務めているということか。名は？」

「村越三造《むらこしさんぞう》とおっしゃいました」

大河は飲んでいた茶に口をつけて考えた。講武所の教授方には山岡鉄太郎がいる。ひょっとすると山岡から話を聞いたのかもしれないと思った。それに相手が道場の当主なら相手に不足はない。

「よし、受ける。すぐに行くからそう伝えておけ」

徳次が階段を下りていく足音を聞いた大河は、羽織っていた褞袍《どてら》を脱ぎ、障子を開けて表を見た。隣にある松平備中守屋敷にある欅《けやき》が黄色く色づき、楓《かえで》が傾きはじめた日の光のなかで鮮やかな朱《しゅ》に染まっていた。

道場には十数人の門弟がいたが、大河が道場に入ると彼らは稽古《けいこ》をやめて窓際に下がって座った。玄関を上がったところに二人の男が座っており、武張った顔を向けてきた。

「無双一刀流の山本です」

大河は悠然と腰をおろして口を開いた。

「拙者は村越三造と申す」

右の男だった。年は大河と同じぐらいだろうか。いかにも厳格そうながっしりとした顎《あご》をしていた。

「どちらでわたしのことをお知りになった？」

「噂はかねがね耳にいたしておったが、師範の井上八郎《いのうえはちろう》先生より貴殿の腕のほどを聞き知り、また山岡鉄太郎殿より話を伺い、是非にも立ち合いたいと思い罷《まか》り越した次第でござる」

井上八郎は玄武館の高弟で、講武所の教授方をやっている。山岡はその下で世話役として助をしている。村越も講武所で仕事をしているようだから、大河の噂を耳にしてもおかしくはない。

「山本殿は北辰一刀流でしょうが、無双一刀流と名乗っておられる」

村越は、それはどうしたわけだと聞きたいようだ。

「わたしは工夫を凝らして独り立ちした男。まあ、早い話宗家に遠慮をしているわけです」

「なるほど。わたしも一刀流を使います。立ち合いお願いできますか？」

村越は双眸《そうぼう》を光らせて見てくる。

「喜んで」

「勝負は一番のみ。真剣での勝負と同じです」

「承知しました」

村越には余裕があった。それだけ腕に自信があるのだろう。腹の据わった顔つきでもある。大河は支度をしながら、久しぶりに手応《てごた》えのある男が来たと思った。

村越は自前の道具をつけて道場に立った。その立ち姿を見ただけで、

（できる）

と、大河は思った。

「では、一番勝負」

大河はさっと竹刀を構えた。村越もゆっくり中段に竹刀を構える。互いに間合いをはかって、隙を窺《うかが》う。道場がしーんと水を打ったように静かになった。表で鳴く鵯《ひよどり》の声が聞こえるだけだ。

村越が出てきた。すすっと間合いを詰め、竹刀を上段に運んだ瞬間、打ち込んできた。大河が受けて下がると、すかさず突きを送り込んでから小手を打ってきた。なるほど、なまなかな腕ではないとわかった。

これが〝講武所の虎〟かと思いもした。ならばと大河は先に詰めて行く。村越も摺《す》り足で間合いを詰め、剣尖《けんせん》をわずかに下げ、それから急に上段に移して打ち込んできた。

大河は撥《は》ね上げるように受け、体を左へ移しながら相手の竹刀を滑らせるように下げさせた。そのとき、大河の体は村越の右後方に位置していた。

慌てたように村越が体をねじったが、そのときには大河の一撃が面を打っていた。

村越は呆然《ぼうぜん》とした顔で立ったまま、短く大河を凝視し、それから潔く、

「まいり申した。噂どおりの剣客だった。いや、完敗でござる」

勝負はあっという間のことだったが、村越は素直に自分の負けを認め、礼を言った。気持ちよいほどの負けっぷりである。大河はそのことを気に入り、

「よろしければ茶でも飲んで行きませんか」

と、誘った。村越は素直に受けた。

二階の座敷に行って二人はおみつの入れてくれた茶を飲んで、短く世間話をした。付添人は村越道場の門弟で土井半蔵《どいはんぞう》という名だった。土井は遠慮して座敷の隅に控え二人の話を聞いていた。

「江戸には剣客と呼ばれるに相応《ふさわ》しい人がいなくなりました。諸藩の勤番も少なく

なり、大名家も江戸を留守にしているからでしょう」

村越は落ち着いた穏やかな口調で話す。

「この時勢だからしかたないのでしょう。京が騒がしいと思ったら、長州や薩摩でどんぱちやっているようですからね」

大河は聞きかじったことを口にする。

「水戸家も大変なようです。天狗党と称する攘夷《じょうい》派が幕府の追討を受けて、下野や下総あたりで暴れているようです。山本殿は千葉道場におられたので、やはり攘夷でしょうな」

どうしてこういう話になるのかと思うが、大河はもう慣れていた。こういったときは話を合わせるしかない。

「攘夷と声高に呼ばわるのはいいでしょうが、わたしに言わせれば負け犬の遠吠《とおぼ》えです。やる気もないくせに、叫んでいるだけのような気がします。おまけに攘夷そっちのけで、同じ国に住む者同士が戦っている。戦国の世ではあるまいし、おかしな世の中です」

「たしかにおっしゃるとおり。されど、上つ方の考えは拙者のような下の者にはよくわかりません。山岡殿はその辺の事情に詳しいようですが……」

　村越は茶を飲んで、結局、下々の者は能のある上の者に従うしかないとため息をついた。

　大河は村越が帰ると、道場で門弟に稽古をつけて二階の住居に上がり、雪の相手をした。雪はもう四歳になり、おみつの手をあまりかけなくなった。言葉もしゃべるようになり、活発な女の子になりつつあった。

「さあ、父は風呂《ふろ》に行くが、雪、おまえも行くか？」

「うん、いっしょに行く」

　雪は元気に答える。大河が微笑むと、おみつが外は寒いので明日にしなさいと引き留める。

「明日はいやだ、いま行きたい」

　駄々をこねる雪におみつはしかたないわねと折れ、

「それじゃわたしもいっしょにまいりましょう」

　と言えば、

「わたしもいっしょにまいります」

　と、雪は言葉を返す。大河とおみつは目を見交わして微笑む。雪がいることで家は和やかである。家を出ようとしたとき、暗がりからぬっと人があらわれた。

二

「山本さん」

声をかけてきたのは真田範之助だった。

「なんだ、いつ戻ってきたのだ？」

大河は風呂桶《おけ》を持ったまま範之助を見た。暗がりでも月明かりがあるので、その顔は見ることができたが、なにやら悲壮《ひそう》な表情だ。

「少し話をさせてください」

範之助は切羽詰まった様子である。大河はおみつと雪を湯屋に行かせ、範之助を家のなかにいざなった。

範之助は旅塵《りょじん》にまみれた旅装束で、黒く日に焼けた顔には小さな擦り傷があった。

「どうした？」

「はい。天狗党の加勢をしようと水戸に行ったのですが、天狗党は幕府と水戸の諸生党にことごとく阻まれ、目的をいまだ果たせずにいます」

「諸生党……」

「同じ水戸家の家臣で、攘夷に足踏みをしている者たちです」

範之助はそう言って、天狗党は横浜鎖港を実行しようとしているが、幕府は受け入れてくれず、天狗党の活動を邪魔している。そのおかげで天狗党は江戸に入ることもできずに、下野や筑波などで鎮圧に乗り出した幕府と諸生党と戦い、ついには那珂湊で蹴散《けち》らされたと話した。

「武田耕雲斎様は、こうなったからには朝廷を味方につけて幕府を動かし、横浜鎖港と条約の撤回を求めるしかないと、京へ向かわれました。わたしはそんな悠長なことはできぬので、横浜に乗り込んで居留地を襲撃する計画を立てています。ここで一矢報いてやれば、腰の重い幕府も動くはずです」

範之助はきゅっと口を引き結ぶ。顔は垢《あか》にまみれているが、目はぎらついていた。

「まさかひとりでやるというのではなかろうな」

「仲間を集めています。弾薬や鉄砲も調達しています。ところが、そんな動きが幕府に嗅《か》ぎつけられ追われています。追っているのは町奉行所か新徴組のはずです。さっきまで尾《つ》けられ、うまくまいてきたところです」

「どうするのだ？」

「計画は実行します。ついては山本さんにも一枚加わっていただきたく、相談にま

ない。

範之助は真剣な目を向けてくる。大河は腕を組んで短く考えた。乗れる相談ではいったのです」

「横浜の居留地を襲えば幕府が動くと考えているのか」

「動かずともなんらかの手立てを講じるはずです。放っておけば、もっと大きな騒ぎが起きるかもしれない。そう考えるなら、横浜の居留地にいる異国の公使らと話し合いの場が持たれる。あるいは、異国も横浜は危ないからと立ち去るかもしれません。わたしは横浜で蜂起《ほうき》して、幕府にも異国にも考えをあらためさせたい。そのために動いています。さりながら人が足りません。加勢をお願いできませんか」

範之助は両手をついて頭を下げた。

「おれもいまの世の中がどうなっているか、まったく知らぬわけではない。だが、嘘か真《まこと》かもよくわからぬ。世上の風説を聞くだけで命を張るつもりはない」

範之助はさっと顔を上げた。

「おれは黒船も見た。あのときは斬り込んでやりたいという思いに駆られた。されど、気持ちが変わった。おれひとりが動いたところでどうなることではない。時運の推移は万やむを得ないことだと悟った。これは日本と外国との政治の問題であろう。おれはそんなことには疎いし、よくわからん。それにいまや、攘夷と叫んでいた者同士が殺し合いをやっている。馬鹿げたことだ。敵は異国ではなかったのか」

「おっしゃるとおりです。さりながら、幕府と朝廷は犬猿の仲。公武合体が成ったとしても考えの違いがあり、いっこうにまとまりません」

「ならば放っておけばよいだろう。日本が滅びるわけではないのだ」

「いいえ」

範之助は強く首を振って口を引き結んだ。

「放っておけば、日本は欧米列強に支配され、わたしどもはその前に平伏《ひれふ》すことになります。そんなことは許せません」

「たしかにそうであろうが、そうなったわけではないのだ。おぬしがなんと言おうと、おれは加勢などできぬ。それがおれの答えだ」

大河は頑として撥《は》ねつけた。

「わかりました。いまのこと聞かなかったことにしていただけますか」

範之助は無念そうな顔であきらめた。

「他言はせぬ。それでどこにいるのだ？」

「この近くです。船手屋敷に住んでおられる小林権左衛門《こばやしごんざえもん》様が手を貸してくださっています」

「海辺大工町《うみべだいく》の船手屋敷か」

たしかに近くである。

「では山本さん、わたしは行かなければなりませんので……」

範之助は一礼をして階段を下りていった。大河はその足音が聞こえなくなるまで、じっと動かずにいた。

「馬鹿なことを……」

小さく吐き捨てたのはずいぶんたってからだった。

その夜、大河はなかなか寝つけなかった。範之助のことが頭から離れなかったからだ。横浜の居留地を襲撃すると範之助は言ったが、いったい何人で襲おうと考えているのだ。無謀なことにしか思えなかった。

もし、実行したとしてもうまく逃げてもらいたい。そして、世の中が落ち着いたらまた範之助と稽古《けいこ》をしたい酒を飲みたいと思った。

(はたして、かなうであろうか)

かなってほしいと思いながら大河は目をつむり、眠りに落ちた。

「先生、先生、大変です」

翌朝、そんな声で目が覚めた。声は徳次でなにやら慌てているようである。

大河は乱れた寝間着を直しながら一階に下りた。

「朝っぱらからなんだ？」

「どうも様子がおかしいんです。永代橋を槍《やり》を持った御番所の捕り方がわたっていったので、あとを尾けてみると船手屋敷を取り囲んでいるんです。どうやら捕り物があるようです」

「どこの船手屋敷だ？」

「この先です。海辺大工町の船手屋敷です」

大河はカッと目をみはった。一気に眠気が吹き飛び、二階にとって返すと、素速く身支度をし、大小をつかんで飛び出した。

三

加賀町の家を飛び出した大河は油堀に架かる千鳥橋《ちどり》を駆けわたった。背後から「どうしたんです、待ってください」と徳次が追いかけてくるが、大河は耳を貸さず走りつづける。仙台堀《せんだいぼり》にぶつかったところで、左に折れ、大川沿いの道を走った。

昨夜、会いに来た範之助の顔が脳裏にちらつく。そのとき、範之助は船手屋敷に住む小林権左衛門宅にいると言った。それに幕吏から追われていると話もした。間違いであってくれと祈るような思いで、川沿いの道を駆ける。風が強く、雲間から差す朝日が商家にあたっている。商家は開店の支度にかかっているところで、大戸を開けたばかりの店もあれば、まだ戸を閉めている店もあった。

小名木《おなぎ》川に架かる万年《まんねん》橋のそばで立ち止まった。目と鼻の先に槍や捕り物道具を持った幕吏の姿があった。彼らは船手屋敷の入口に立っていた。路地から急ぎ足で出てくる者がいて、短く言葉を交わしてまた路地に消えていった。

大河は噴き出す汗を手の甲で払い、ゆっくり足を進めた。呼吸が乱れていた。肩を大きく動かして息つぎをしたとき、怒鳴り声といっしょに物の壊れる音や倒れる音がした。

大河ははっとなって、刀の柄に手をやった。表に立っていた幕吏が慌てたように路地に消えた。

大河が路地口に立ったとき、屋敷前で斬り合いが行われていた。大河は目を凝らした。

(範之助……)

心中でつぶやいたとき、範之助がひとりを斬りつけた。血飛沫《ちしぶき》が朝日に散り、十数人の捕り方が腰を引いて後じさった。

「神妙に！　神妙に！」

捕り方が喚《わめ》く。だが、範之助はかかってくる捕り方を斬りつけ、さらに突破口を開こうと、腰を低めて刀を構え、突き出された槍を払い、片手斬りでひとりを斬った。範之助の顔は返り血を浴びて真っ赤に染まっていた。

「やめろ！　やめるんだ！」

大河は刀を引き抜いて路地に飛び込んだ。

捕り方が邪魔をして刀で斬りつけにきた。大河は跳ねかわし、相手の刀をたたき落として前進した。横から斬りつけてくる者がいる。擦り払って、足払いをかけて倒した。

「うわー！」

悲鳴じみた声を発したのは範之助だった。背後から背中を槍で突かれたのだ。それでも、範之助は刀を振りまわした。片膝《かたひざ》をついたとき、肩口に一撃を浴びた。

「やめるんだ！」

大河は目の前の捕り方の襟をつかんで引き倒し、

「邪魔をいたすでない。貴様も仲間か」

と言って、斬りかかってきた男の刀を打ち払い、さらに柄頭で鳩尾《みぞおち》を突いて前に出た。

範之助は片膝をつき、自分を取り囲んでいる捕り方に牙《きば》を剝《む》くような顔を向けていた。

「おのれー！」

範之助は裂帛《れっぱく》の気合いを発して立ち上がった。同時に太股《ふともも》を斬られ体がよろけた。そこへまた一太刀浴び、のめるように倒れた。

「もう終わりだ！　やめろ！　やるんだ！」

大河は刀を振りまわして前に出た。捕り方は大河の気魄《きはく》に恐れをなしたのか、道をあけた。その前に範之助が倒れていた。その先にもうひとり足を投げ出し、板壁に凭《もた》れて息絶えている男がいた。

「範之助、範之助……」

大河は呼びかけて範之助の肩を抱いた。もう虫の息だった。目は虚《うつ》ろに明けたばかりの空に向けられていた。

「おぬしら、これはいったいどういうことだ！」

大河は鬼の形相で立ち上がった。

そこへ捕り方をかきわけて前に出てきた男がいた。大河ははっと目をみはった。

「馬之助……」

柏尾馬之助だった。大河は強くにらんだ。

「山本さん、なぜここに？」

馬之助が問うた。大河には捕り方の刀と槍が向けられていた。

「範之助を助けに来ただけだ。馬、きさまも範之助を……」

馬之助は首を振り、大河に槍と刀を向けている者たちに「引け」と命じた。

「お上のご意向に逆らう天狗党の一味がひそんでいると知り、馳《は》せ参じたのです。それは……」

馬之助は範之助に気づいて絶句した。

「きさまらの敵は範之助ではないはずだ！　敵は異国ではないのか！　なにゆえ、なにゆえ仲間同士で殺し合う！　たわけっ！」

怒鳴った大河がのっそり立ち上がると、捕り方たちが後じさった。

「馬鹿者が、馬鹿者が……」

大河はもう一度跪《ひざまず》いて範之助を抱き起こした。もう息をしていなかった。大河の胸にむなしい風が吹いた。

範之助は大河と同じ村名主の倅《せがれ》だった。それだけに親近感があった。また慕ってくる範之助は、稽古熱心で欲のない男だった。大河はそんな範之助に好感を持っていたし、いい稽古相手で大切な友でもあった。

「無念であるな。無念であるな、範之助……」

大河は範之助の目を閉じてやり、ゆっくり立ち上がった。両目から涙が溢《あふ》れていた。悔しかった。なぜなのだと、何度も胸のうちで繰り返した。

「……馬、どうするんだ？」

「とりあえず、調べをしなければなりません。わたしは新徴組のひとりとしてこの場を収めます。みんな、死体を戸板に乗せてくれ」

捕り方は新徴組と町奉行所の同心たちだった。

「柏尾さん、その人のことは……」

ひとりの男が大河を見て馬之助に問うた。

「この方は関わりのない人だ。それについてはわたしが責任を持つ。山本さん、あとはおまかせください」

大河は黙り込んだまま馬之助をにらみ、それから戸板にのせられ表に運び出される範之助に目を転じた。

「なぜ、ここにいらっしゃるのです?」

馬之助が聞いてきた。

大河は昨夜範之助が訪ねてきたことを包み隠さず話した。しかし、横浜の居留地を狙っているということは省いた。

「範之助は別れを告げに来たのだ。まさか、一夜明けてこんなことになろうとは思いもいたさぬことだった。馬……」

「はい」

「範之助の実家は多摩だ。その旨のことを知らせてくれるか。それから丁重に葬ってもらいたい」

「承知いたしました」

大河は馬之助から視線を外し、明るくなっている遠くの空を見た。

「やつは剣の道に生きればよかったのだ。それなのに、攘夷《じょうい》という毒に負けてしまった。惜しい男をなくした」

四

大河の日々は平々凡々と過ぎていくだけだった。道場の門弟は増えもしなければ減りもしなかった。それというのも、江戸に在府する諸国大名家が少なくなったせいである。代わりに諸国から江戸にやってきた浪人たちが門をたたいてきた。

弟子になりたいという浪人は、おおむね脱藩浪人だった。奥州《おうしゅう》や羽州《うしゅう》の者が多く、彼らは江戸入りしてから大河のことを知ったらしい。

「練兵館も士学館も玄武館も高名すぎて気が引けるんでございまする。ところが、山本道場はやる気さえあれば、来る者拒まずと知りました。はて、どんな道場であろうかと、人伝《ひとづて》に聞いてみますれば、なんといまこの江戸で先生の右に出る剣術家はいないという評判。ご無礼ながらそりゃまことかと疑い、玄武館の知人に聞いてみますれば、正真正銘のことだと叱られました。いや、そんな大先生がいらっしゃるなら、是非ともご指南いただきたいと思いお願いにまいった次第です」

この男のように口数が多く、おべっかを交えて話す男は信用がおけない。俗に言えば如才のない男なのだろうが、大河には見え透いた人間としか受け取れない。

「何故、剣術を習いたい？」

大河は必ず入門を願う者に問う。

「は……。それは強くなりたいからです。侍であれば誰しもそう願うものでしょう」

「いかにも。されど、これまでも剣術修行はしてきたのであろう」

「そりゃもう、刀を握ったのは三つのときです。それからずっと剣術を身につけてきました」

「されど、まだ身についておらぬ。強くもなれなかった。だから、もっと強くなりたい。そう考えておるのだな」

相手は心外だという顔をした。この男は磐城平《いわきたいら》藩安藤家の元家臣で、当時老中職にあった藩主・信正《のぶまさ》が過激攘夷派に坂下門で襲撃されて失脚すると、藩を見放して国を去ってきたと語っていた。矢野幸作《やのこうさく》と言う名で、十九歳だった。

「そこそこの腕は持っております」

矢野はふくれ面で言葉を返した。

「そこそこの腕がいかほどのものかわからぬが、おのれの腕に自信がないから腕を上げたい、さようなことであろう」

「ま、そう言われればそうですが……」

大河はこの男は門弟にできないと感じた。だから断ることにした。

「この道場は誰でも入ることができる。侍をはじめ百姓町人来る者拒まずだ。しかし、生半可な気持ちの者は受け付けぬ。たとえ、どこぞの大名のご子息であろうと断るときは断る」

「はい」

矢野幸作は目を光らせる。期待半分、不安半分の色がその目にあった。

「折角足を運んでもらったのに悪いが、そなたを預かることはできぬ」

とたん、矢野は口を引き結んで敵愾心《てきがいしん》剝き出しの顔になった。

「どうしてもわたしの指南を受けたいなら。十両の束脩《そくしゅう》を持ってくれば許す」

十両は大金である。

「けっ、金の亡者でござったか。ならば、こちらから御免蒙《こうむ》りますよ」

矢野は開き直った。大河は静かに見守る。

すぐに矢野は床を蹴《け》るようにして道場を出ていった。

「先生、どうして断ったのです？」

そばにいた三島九蔵が顔を向けてきた。

「あれは本物ではない。必死に剣術を習いたいという者は、もっと素直だ。おのれを飾ったり無駄に大きく見せようとはせぬ」

「それにしても束脩十両は……」

もちろんそんな金を取るつもりはない。だから大河は笑って答えた。

「九蔵、あの男がほんとうにわたしの指南を欲しておるなら、十両拵《こしら》えてくるだろう。そのときは、おお、この男は本気だったのだと認め、十両を押し返して受け入れるつもりだ」

「はっ……そのつもりでおっしゃったんでございまするか……」

「だが、二度と来ないだろう。今夜あたりその辺の居酒屋で管を巻き、おれの悪口を言うのが関の山だ」

大河はそのまま腰を上げると、稽古《けいこ》をしている門弟らの指導にまわった。

その日の夕刻、仕事を終えた大河は、徳次と九蔵を相手に酒を飲んだ。一汗かいたあと、道場で一杯引っかけるのは楽しみのひとつになっていた。

「京は相変わらず荒れているようでございます」

そう言うのは徳次だった。団扇《うちわ》をあおぎながら杯を口に運んでつづける。

「なんでも長州が騒いで朝廷を困らせたので、江戸の長州屋敷は差し押さえになるそうです」

「瓦版屋《かわらばん》からまた仕入れてきた話か……」

大河はあきれたような顔で徳次を眺めるが、まったく興味がないわけではない。

江戸は表向き平穏であり、とくに大きな問題もないし、大河の周囲にも変わったことはない。ただ、道場の門弟には諸国大名家の子弟がいるが、この頃入れ替わりが激しい。

入門したと思ったら、主君の都合により国許《くにもと》に帰ることになったからとやめる者がいる一方で、藩命で江戸詰になったので修行をさせてもらいたいと言ってくる者がいる。ところが、そんな者たちもさほど稽古熱心ではなく、また藩命で帰国することになったと言っては去って行く。

そんなことがあるので、どうやら自分の知らないところで、世の中が動いているというのはわかるが、大河には実感がなかった。

徳次は江戸の長州藩邸が差し押さえられることになった経緯を話していた。聞き囓《かじ》りの話だというのを承知で、大河は耳を傾ける。

京に攻め入った長州藩兵と京都を守護する会津・桑名両藩が激しい戦闘を繰り広げたという。

「それでどうなったのだ？」

「長州は追い出されたようです。朝廷と和解したかったようですが、かえって心証を悪くしたおかげで、江戸の藩邸差し押さえになったんでしょう」

徳次が話しているのは後の世で「蛤御門の変」と呼ばれる事件だった。

「京と言えば先生、伊東道場の先生も京に向かわれるそうです」

九蔵だった。

「伊東殿が」

大河は意外な気がした。伊東甲子太郎は文武両道の人物だというのはわかっていたが、攘夷《じょうい》の風潮に流される男ではないと思っていた。

「さような話を耳にいたしました」

九蔵は衣《きぬ》かつぎをつるっと口のなかに入れた。

「そうか、伊東殿も京へ……」

大河は表の闇に目を向けた。軒先の風鈴がちりんと鳴った。そのとき、階段のほうに大きな物音がしておみつの悲鳴じみた声がした。

「雪！」

五

「いかがした？」

大河が慌てて階段のほうに目を向けると、雪の泣き声が聞こえてきた。おみつが大丈夫かと言っている。

大河が道場を出て階段口に行くと、泣きわめく雪をおみつが抱いていた。

「どうしたのだ……」

「落ちたのです。雪、どこが痛いの？　大丈夫……」

大河はそばにしゃがんで、泣いている雪の様子を見てから道場に運び入れた。徳次と九蔵も心配顔で雪をのぞき込んでいた。大河は雪の痛がる足や腕を用心深く触っていったが、折れてはいなかった。

「強く打っただけだろう」

大河はそのまま雪を抱きかかえると、二階の住居に戻った。おみつは医者に診せなくてよいかと心配した。徳次も九蔵も医者を呼んでこようかと言ったが、

「骨は折れておらぬ。打ち所が悪かっただけだろう。とにかく明日まで様子を見る」

大河はそう言って徳次と九蔵を帰した。

雪はしばらくして泣き止んだが、腕と太股《ふともも》のあたりを強く打ったらしく、そのあたりが青黒く腫《は》れていた。

「あなた、前から思っていましたが、この階段が急すぎるのです」

おみつに言われるまでもなく、大河も感じていることだった。二階を住居に造作したのはいいが、狭くて急すぎるのだ。台所は一階にあるので、食事の上げ下ろしにもおみつは不便だと以前から愚痴を漏らしていた。

「打ち身ですめばさいわいですが、もし打ち所が悪ければ命にも関わります」

心底心配するおみつの顔を見て、大河も深く考えをめぐらした。

育ち盛りの雪は狭くて急な階段をものともせずに上り下りしていたが、それでもまだ四歳である。さっきのような事故がまた起きないとは言えない。

その年の暮れになって大河は二階の住居から、道場隣に家を借りて移った。

「はじめからこうしておけばよかったな」

引っ越しを終えたあとで大河はおみつに言った。

「道場を開くときには金策が大変でしたからね」

おみつはわかった口を利くが、その顔には安堵《あんど》の色が濃かった。

「道場の二階は、門弟の宿舎にすることにした」

「それはよい考えです」

「九蔵が道場番を兼ねて住むと言ってくれておるし、在から来る門弟も安あがりだと喜んでくれるだろう」

その年は大過なく過ぎ、年が明けて元治二年（一八六五）になった。諸国大名家とその家臣が江戸から少なくなったせいもある。

大河の周囲もそうだが、江戸はいたって穏やかであった。

しかし京や西国、とくに長州には慌ただしい動きがあった。昨年起きた蛤御門の変で、朝廷は幕府に長州追討の勅許《ちょっきょ》を下し、三十五藩が長州を目指した。動員の兵は十五万人に上ったが、薩摩の西郷吉之助《さいごうきちのすけ》らの仲介があり、一触即発の事態はかろうじて免れていた。

もっとも長州藩内では征長軍に対する恭順派と、徹底抗戦を主張する諸隊の武力衝突がほうぼうで勃発《ぼっぱつ》しており、藩内の足並みは揃っていなかった。

そういう情報は遅れて江戸に届いてくるのだが、どこまで真実を伝えているのかは不明だった。それに、大河の関心事ではない。

四月になって、慶応と改元された。

「すると、今年は慶応元年となるのか。くるくると元号が変わるもんだ」

徳次から改元の話を聞いた大河はあきれるしかない。

「昨年、長州が京でどんぱちやらかしたせいらしいです。その長州はまた朝敵になって、幕府軍に攻められるようです」

「おかしくはないか。ついこの前までは幕府や日本の敵は異国だった。だから尊皇攘夷が世間を席巻していた。ところが、今度は長州が朝廷に盾突いたからといって、幕府が長州を攻める。攘夷はどこに行ったんだ？」

「さあ、どういうことでしょう」

徳次はまるい顔にある目を忙《せわ》しくしばたたく。

政に疎い大河に言わせると、いまの世の中はまったくわけがわからないのである。おのれのめざす「日本一の剣士」という目標だけが動かない信条であるが、それにも張り合いが持てなくなっていた。

強い相手がいないのだ。立ち合いを申し込んでくる者もいない。玄武館や千葉道場の噂になると真剣な目で耳を傾けるが、やはり一時の勢いはなく、大河の道場と同じように静からしい。

そんなとき、伊東甲子太郎の道場にいた門弟の数人が、大河の道場の門をたたいてきた。

京に上った伊東は試衛館の近藤勇が京で旗揚げした新選組に加盟し、しばらく江戸に戻ってこないことがわかったからしい。

「伊東道場はどうなるのだ？」

「先生がいらっしゃいませんので閉鎖となりました」

青木《あおき》という男は、情けなさそうに眉尻《まゆじり》を下げ、

「同じ北辰一刀流の流れを汲《く》むこの道場で修行させていただきとうございます」

と、頭を下げて懇願する。

「それはかまわぬが、他の門弟はどうしたのだ？」

「千葉道場や玄武館に入った者もいますが、藩命で国許《くにもと》に帰った者もいます。それがしは主君がありませぬので、こちらで教えていただきとうございます」

そういった按配《あんばい》で伊東道場の元門弟が五人ほど、大河の道場に移ってきた。

それから数日たった日の夕刻、大河は居間で茶を飲みながら台所で立ちはたらくおみつを眺めてぽつりとつぶやいた。

「この頃よく思うことがある」

「なんでしょう？」

おみつが前垂れで手を拭いて振り返った。大河はおみつに言っても詮無いだろうと思いながらも口にしたくなった。

「剣技を究めるためには、心を磨くべきだと。そのことがわかりかけてきた気がする」

「どんなふうに……」

「これは人に教えられるものではない。ただ、剣とは心だ。心とは目である。剣には心眼が備わっていなければならぬ。それはまず、おのれをよく知ることだ。おのれの剣に驕《おご》ることなく、一切の雑念を払い素直な気持ちで剣と向かい合う」

大河は座ったまま木刀を中段に構える真似をして言葉を足した。

「邪念があっては剣の道は究められぬ。……さように思うのだ。だが、その域に至るにはいまだ修行が足りぬ。そう感じるのだ」

「あなたは大きくなられました。わたしはそう感じています」

大河はゆっくり首を振って、

「なにを言うか。おれはまだまだだ」

と言って、小さな笑みを口の端に浮かべた。

六

四間四方の狭い道場である。

そこが大河にとって神聖な稽古場であり、修行の場であった。門弟らに稽古をつけたあとで、大河は道場の真ん中で坐禅《ざぜん》を組み瞑想《めいそう》するのが日課になっていた。

風が流れ、翳《かげ》りゆく日の移ろいを感じ、ときどき表から聞こえてくる鳥の声に耳を澄ます。口さがないおかみ連中の声も聞こえてくれば、表を流し歩く行商人の声が聞こえてきて、遠ざかっていく。

坐禅を組んで心を空にするうちに、雑音が消え、いろんな想念が払われていく。それでも心のうちに迷いや欲が生じる。無とは空とはなんだと考えるが、答えは出ないままだ。

(出なくともよい)

おのれに言い聞かせて、大河は精神を統一することに努める。

そんな日々が空虚感を伴って過ぎていき、また新たな年を迎える。

大河にも大河の身辺にも大きな変化はなかった。だが、新徴組をやめ千葉道場に戻った柏尾馬之助が体調を崩し、故郷の阿波《あわ》に帰ることになった。馬之助がそのことを告げ、挨拶《あいさつ》に来たとき大河は一抹の淋《さび》しさを覚えずにおれなかった。

「おぬしもいなくなるか……」

「申しわけございません。山本さんにはいろいろとお世話になりました。されど、わたしは死ぬわけではありません。また体が元に戻りましたら必ず会いにまいります」

丁寧に辞儀をする馬之助はたしかに窶《やつ》れていた。目方もずいぶん減ったらしく、声にも覇気がなかった。

「その日を楽しみにしておる。ともあれ、達者でな」

「山本さんも……」

懇意にしていた者がひとりまた減っていく。それも人生なのだろうと思う大河である。

そんな心情をよそに雪はすくすくと育ち七歳になった。近所の手習い所に通うようになり、ときどき大人びた口を利き、大河は思わずおみつと顔を見合わせることがあった。

それに合わせて大河もおみつも年齢を重ねた。大河は三十三歳になっていた。独り立ちして道場を開いて、早三年である。

昨年は将軍家茂が薨去《こうきょ》し、慶喜が後継者になった。将軍宣下は昨年の十二月五日だった。

それから日を置かずして孝明天皇が崩御した。二十五日のことだった。

明けて慶応三年（一八六七）一月に、明治《めいじ》天皇が即位した。

それらのことは大河にとって遠い世界のこととしか思えなかった。将軍慶喜が大政奉還を願い出、翌日に勅許《ちょっきょ》されたことも、王政復古の大号令が出たこともそうであった。

しかし、その年の暮れに坂本龍馬が同志の中岡慎太郎《なかおかしんたろう》とともに、京の旅籠《はたご》で暗殺されたという話を耳にしたときには、

「あの坂本が……」

と、驚きの声を漏らさずにはおれなかった。

それから数日後に伊東甲子太郎も殺されたと聞いた。しかも、同じ新選組隊士による暗殺だと知り、まったく愚かなことだと嘆くしかなかった。

されど、それまで京や西国に比べて静かだった江戸がいきおい騒々しくなった。

それは、慶応四年（一八六八）が明けて間もなくのことだった。

その日、大河は初めて瓦版屋《かわらばん》の次助に会った。以前から徳次の情報が次助からのものだと聞かされていたので、

「徳次、おぬしの話はだいたいが又聞きであろう。だったら、おぬしに種を話す次助という男から直接話を聞きたいものだ」

と、大河が言ったのを徳次が聞き入れて、加賀町の自宅に連れて来たのだった。

次助は徳次の幼なじみで日本橋の本屋「須原屋」に出入りしている瓦版屋で、小柄で聡明《そうめい》そうな広い額をしている男だった。自分で集めた情報を話すのが楽しいらしく、きらきらと目を輝かして話した。

「すまぬが、わかりやすくかいつまんで話してくれぬか。聞いているうちに頭がこんがらがってきた」

次助は立て板に水を流すがごとく話すのはよいが、早口であるから耳を傾けている大河は頭の整理が追いつかなかった。

「へえへえ、それじゃまあかいつまんでお話ししましょう。その前に、もう一杯茶をお願いできませんか」

次助が所望するので、徳次が茶を淹《い》れてやった。

長火鉢にかけている鉄瓶から立ち昇る湯気が、障子越しのあわい光に浮かんでい

た。

　ときどき、表から近所の娘たちとはしゃいでいる雪の声が聞こえてきた。

「それじゃまあ、どの辺からやり直しましょうか」

　茶を飲んだ次助が大河に顔を向け直す。

「薩摩と長州がイギリスと戦い、そして長州は朝敵になったが、いつの間にか朝廷と仲直りをし倒幕に傾き、そして王政復古にこぎ着け、大政奉還と相成った。そうであるな」

「いかにもさようです」

「ならばそれでまるく収まってもよかったのではないか」

「あたしもそう思うのですが、慶喜公はあくまでも日本の政府は幕府にあると主張されました。それがかなわずとも、政権は朝廷側と半々の立場であってもよいとお考えなのです。ところが、薩長《さっちょう》は新政府に幕府は不要だと考えたのです」

「それで薩長と幕府の喧嘩《けんか》になったのか……。されど、将軍慶喜公は京から大坂に下がられた。それ以上幕府いじめはいらなかっただろうに……」

「まあ、それにはいろいろあるんでしょうが、昨年の暮れに幕府が薩摩の江戸藩邸を焼き討ちにしたことはご存じでしょう」

大河はうむとうなずく。それは昨年十二月二十五日のことで、倒幕の密計を立てていた薩摩藩士らの暴挙を抑えるために、庄内藩兵と新徴組によって三田《みた》の薩摩藩邸を包囲襲撃した事件だった。

「あのとき、薩摩藩邸にいた浪士らは江戸からいなくなりましたが、幕府は追い打ちをかけるために大挙大坂に上りました。これは慶喜公の意に添うことではなかったのです」

「うむ」

大河は茶を飲んで次助を眺める。日の光が流れる雲に遮られ、座敷はゆっくり明るくなったり薄暗くなったりを繰り返していた。

「しかし、倒幕など承知できぬという諸藩の志士は京に入るなり、守りについていた薩摩と長州、そして土佐藩の兵と戦い敗れ、宇治《うじ》川と木津《きづ》川の合するあたりにある淀《よど》城まで退却します。このとき薩長の倒幕軍は天皇から錦旗《きんき》をわたされ官軍と相なり、幕府は賊軍となりました」

「賊軍……幕府は悪者にされたか……」

「ま、早い話がそうなります。そのつづきですが、淀城に退却した賊軍はさらに逃げるしかなく、大坂まで逃げました。ところが、大坂城にいた慶喜公は形勢が不利だと知ったのか、命が危ないと思われたのか、江戸に帰って見えました」

「その話はおれも聞き知っておるが、慶喜公にはがっかりした。家来を見捨てて大坂から戻ってこられたのだからな」

大河は冷めた茶を口に運んだ。

「それでどうなるのだ？」

「慶喜公は賊軍になられました。官軍が江戸に攻め上ってくるのは火を見るより明らか。これから江戸は騒がしくなります」

「江戸で戦が起きるとそう言うか」

大河はカッと目をみはって次助を見る。

「さあ、どうなることでしょう。これから先のことはあたしにはわかりませんで……」

次助は目を伏せて茶を飲むと、

「おわかりになりましたか？」

と、大河を見た。

「うむ。おおむねわかったが、おぬしの言ったことに嘘偽りはないだろうな」

「嘘か真《まこと》か、それはこれからわかることでございます」

七

次助は江戸で戦がはじまるかもしれないと、不吉なことを予見したが、大河には実感としてなかった。ただ、徳川慶喜が大坂から江戸に戻り、さらに上野寛永寺《うえのかんえいじ》に蟄居《ちっきょ》したと聞いたときには、江戸城は誰のものになるのだと思わずにはいられなかった。

その疑問を口にしたとき、そばにいた徳次が、

「倒幕軍のものになるんでしょう」

と、ぼんやりした顔を道場の表に向け、つぶやくように言った。

「倒幕は薩摩と長州か……」

「錦旗を掲げて新政府軍と称しているそうです」

その総大将は薩摩の西郷吉之助という男らしいが、大河にはどんな人物なのかわからなかった。

しかし、道場に来る諸藩の門弟らに落ち着きが見られなくなり、忽然《こつぜん》といなくなる者たちが増えた。

また、新政府軍に抗すると鼻息を荒くしていた会津や桑名の家臣団も、いまや朝敵となった旧幕軍の味方をしても得することはないと考え、逃げるように江戸から去って行った。

いまや江戸城は主のいない空城と化し、熾仁《たるひと》親王率いる新政府軍が江戸を目指して進軍していた。

「慶喜公は寛永寺に蟄居されましたが、江戸城を明けわたされたあとは、岡山にて謹慎を促されているらしいのです」

例によって情報通の徳次が知らせに来る。

「なにゆえ岡山に……？」

「岡山の藩主は茂政《もちまさ》様とおっしゃる慶喜公の弟君ですから、世話をさせようという新政府軍のはからいなのでしょうが、岡山藩は幕府討伐軍に入っています。岡山預けになれば慶喜公のお命は安泰ではないでしょう」

「………」

大河は武者窓の向こうに浮かぶ雲をにらむように見る。ほんとうに江戸で戦がはじまるのかと、心の底で思う。

「それにしても落ち着かないのう。稽古《けいこ》に来る門弟も少なくなった」

年が明けて以来、江戸が戦場になるという風聞が流れ、三月になると諸侯の妻子たちも江戸を離れ国許《くにもと》へ去り、知行所を持つ旗本とその家来たちも江戸を去っていた。

造作半ばの商家はそのまま廃屋となり、諸色商売も左前になるところが目立ち武家町人の奉公人たちも暇を出される者が多くなっていた。

それから間もない四月四日に、勅使となった東海道鎮撫《ちんぶ》総督・橋本実梁《はしもとさねやな》が江戸城に入った。これにより、上野寛永寺に蟄居していた慶喜は、希望していた水戸での謹慎が認められ、江戸を離れた。

それと前後して東征軍の諸兵が江戸市中に入り、二十一日に東征大総督の熾仁親王が江戸城に入ったことで、江戸幕府は名実ともに滅び去った。

しかし、江戸はそのまま鎮撫されはしなかった。

上野寛永寺にこもった彰義隊《しょうぎたい》という旧幕府を支持する集団が、新政府軍に反抗の狼煙《のろし》をあげたのだ。

彼らは旧幕府と慶喜の警護を使命として、江戸の治安維持のための市中取締りをしていたが、江戸幕府が解体され、慶喜が水戸謹慎となったいま、その存在価値はなかった。それでも彼らは新政府軍に恭順の意を示さず、徹底抗戦の構えを見せていた。

「上野で戦がはじまりそうです」

息を切らして家に戻ってきたおみつが、大河にそう告げたのは、五月に入って間もなくのことだった。

「どういうことだ？」

座敷で茶を飲んでいた大河は、買い物帰りのおみつを見た。額に浮かんだ汗をぬぐっていたおみつは、

「両国《りょうごく》へ行って来たのですけど、大砲を押している人や鉄砲を担いでいる人たちが、上野のほうに向かっていたのです。神田川のほうにはたくさんの兵が集まっています」

と、こわばった顔で言った。

「官軍か……」

「だと思います」

大河は開け放している障子の向こうを見た。ここ数日雨つづきだったが、その勢いは弱まり、ときどき日が差し、蟬の声が高まっていた。

「わたしは怖くて見に行きませんでしたけれど、神田川の橋のあたりには土俵を積

んで弾よけの土手が作られているそうです。雪はどこです？」

「さっきまで家にいたが……」

大河は言われて雪がいないことに気づいた。

「近所に遊びに行っているのかもしれぬ。捜して連れ戻してくれ。おれは道場に行く」

大河はそのまま立ち上がって家を出た。雨で地面は泥濘《ぬか》るんでいるが、雲の隙間から日が差していた。それでも空は雨雲に覆われたままだ。

道場には四、五人の門弟がいて稽古をしていたが、徳次の姿はなかった。

「おまえたち戦がはじまるという噂を聞いているか？」

大河が声をかけると、稽古をしていた門弟たちが動きを止めた。

「上野にいる彰義隊を官軍が攻めるとか攻めないとか、そんな話を耳にしましたが、多勢に無勢でしょう」

そう言うのは、上総請西《かずさじょうざい》藩の脱藩浪士だった。

「年貢の納め時は過ぎているのに、官軍に盾突いても詮《せん》ないことだと思うのです。彰義隊の気持ちもわかりはしますが、もはやどうにもならんでしょう」

そう言うのも同じ元請西藩の足軽だった。いずれは新政府に仕官すると言っている男だった。

「徳次は今日は来ておらぬか?」

「まだ姿は見ていません」

大河はそのまま道場を出て、大川沿いの道に出た。雨が降ったりやんだりの日で、永代橋の際まで行くとまた雨が降ってきだ。雲の向こうにぼんやりした日の光があったが、それも鼠色の雲に遮られた。

少し前まで市中を歩くと、ときどき上様の護衛をしているという彰義隊を見ることがあった。水色の打裂羽織《ぶっさきばおり》に白袴《しろばかま》というなりで、夜になると「彰」あるいは「義」と朱書きした提灯《ちょうちん》を提げて市中を巡回していた。しかし、このところその姿を見なくなった。

(彰義隊はおれの味方なのか、敵なのか? いたずらに騒ぎを起こす徒党なのか……)

目の前の永代橋をわたろうか、どうしようかと考えながら、大河は得もいえぬ胸のざわつきを覚えていた。だが、結局はきびすを返し家に戻った。

おみつは雪と夕餉《ゆうげ》の支度にかかっていたが、大河は座敷に上がって雨を降らす鼠色の空を眺めた。

「先生、大変です！」

日の暮れ前に、慌てた声を発して駆け込んできたのは徳次だった。九蔵もいっしょである。

「なにが大変だと言う」

「いよいよ戦がはじまります」

八

大河はカッと目をみはって徳次をにらむように見た。台所にいたおみつと雪も座敷にいる大河たちに目を向けてきた。

「どういうことだ？」

「どうもこうもありません。新政府軍が錦《にしき》の御旗《みはた》のもと彰義隊を攻めるのです」

「神田界隈《かいわい》も上野山下《やました》も官軍の兵で固められています」

九蔵も様子を見に行っていたらしく言葉を添えた。

「戦か……」

大河は拳《こぶし》をにぎり締め、奥歯をギリッと噛《か》んだ。戦になったら市中は大きな騒ぎになるどころか、多大なる被害が出るだろう。

「おれは……」

大河は言葉を切って徳次と九蔵を見た。部屋が暗くなったので、おみつが行灯《あんどん》に火を入れてまわった。

「なんでございます？」

徳次が身を乗り出して大河を見る。

「おれは政事には目を向けなかった。おれの関わることではないから、ずっとそうしてきた。だが、いまはじっとしておれない心境だ。剣術熱はいつしか廃れ、道場に来る門弟も少なくなった。この日本は武士の国だったはずだ。だから誰もが剣術に打ち込んできた。鍛錬を怠らなかった。それは強くなければ侍ではないということがわかっていたからだ。ところが、いまはどうだ？」

徳次も九蔵も息を詰めた顔をしていた。

「攘夷《じょうい》だ攘夷だとほざき、欧米列強を倒すと言っていた者たちは、いつしか朝廷と幕府側に分かれ、長州と喧嘩《けんか》を始めた。ところがその長州は朝廷との仲を取り戻し、薩摩や土佐と手を組んだ。結句、幕府は追い詰められ上様は水戸に追われ、そして江戸城は官軍に明けわたされた。その間に、異国そっちのけで同じ日本に住む者同士の殺し合いが起きた。どういう了簡《りょうけん》なんだ」

徳次も九蔵もいつになく憤った顔をしている大河を見ているだけだ。

「馬鹿馬鹿しいにもほどがある。おれは勝手にしろと言いたいが、戦が起きて江戸が焼け野原になったら困る。どうにかしなければならぬ。もはや指をくわえて見ているわけにはいかぬ」

「まさか彰義隊に……」

徳次が喉仏《のどぼとけ》を動かしながら生唾《なまつば》を呑《の》んだ。大河は首を振った。

「上様の味方をし幕府を支えてきた者たちはどうしているのだ。徳次、知らぬか？」

「上様が大政を奉還され城を明けわたされたいまは、新政府軍に服《まつろ》うしかないと恭順の意向だと聞いています」

「その者たちは彰義隊の味方なのか？」

「ご重役らは彰義隊の帰服を呼びかけていらっしゃるようですが……」

「彰義隊は首を縦に振らぬと言うことか」

「そのようです。だから上野を攻めるのでしょう」

「ならば敵は彰義隊か……」

徳次も九蔵もそれには答えなかった。だが、大河の肚《はら》は決まっていた。

「幕府がなくなったいまは、誰がどこでこの国を仕切っているのだ?」

大河の疑問に徳次は視線を泳がせ、なにかを思い出すような顔をして答えた。

「たしか、有栖川宮《ありすがわのみや》熾仁親王が総督府の総督だったはずです。総督府がどこにあるのか知りませんが」

「総督府か……」

大河は宙の一点を見てつぶやき、

「おみつ、酒の支度をしてくれ」

と、台所に声をかけた。

その夜、大河は徳次と九蔵を相手に酒を飲んだ。胸の内には持って行き場のない憤りが渦巻いていたが、それを吐き出すことはしなかった。訥々《とつとつ》と剣術の話をした。

「京や西国で騒ぎが起きたおかげで、江戸は淋《さび》しくなった。これといった剣術家の話も聞かなくなった。腕のある者は攘夷熱に浮かされてどこかへ消えてしまった。そして、おれの相手もいなくなった」

むなしいことだと、大河は言葉を足して酒をあおった。

「彰義隊を鎮めることができれば、世の中も落ち着くのではないでしょうか。そうなれば、また剣術に心血を注ぐこともできましょう」

九蔵がしみじみとした口調で言う。

「わたしもそう思います」

徳次はそうなることを願うと言葉を足して酒を飲んだ。

三人で一升の酒を飲んだところでお開きにして、大河は徳次と九蔵を玄関の表に出て見送った。その際、九蔵を呼び止めた。

「なんでしょう？」

「話がある。道場に来てくれ」

大河はそのまま九蔵をいざない、暗い道場で向かい合って座った。

「おれは志を貫徹しなければならぬ。そのために明日、立ち上がる」

「…………」

「徳次にも供をさせようと思っていたが、やつは頼りにならぬから誘うのはやめた」

「いったいなにをなさるんで……」

大河は大きく息を吸って吐き、まっすぐ九蔵を見つめた。

「これ以上江戸で騒ぎを起こされるのはごめんだ。様子を見てからのことだが、明日上野に向かう」

九蔵はカッと目をみはった。

「敵は彰義隊だ。官軍の加勢をして騒ぎを静める。いかほどの力になれるかわからぬが、もはやじっとはしておれぬ。無理にとは言わぬが、ついてきてくれるか」

九蔵は短く黙り込んでから答えた。

「承知しました」


夜が明けて五月十五日――。

大河は表から聞こえてくる雨音で目を覚ました。隣の部屋にはおみつといっしょに雪が寝ている。ゆっくり半身を起こした大河は耳を澄ました。二人の静かな寝息が雨音に混じって聞こえた。

大河は音を立てぬようにして床を抜け出すと、そのまま道場に入った。燭台《しょくだい》に火を点《とも》し、昨夜のうちに用意していた野袴《のばかま》を穿《は》き、手甲脚絆《きゃはん》をしっかりつけ、最後に打裂羽織《ぶっさきばおり》に腕を通した。

鉢巻きをきつく締めると、それだけで気が引き締まった。戦場に行くにはいささか軽装と思われるが、備えがないのでそれでよしとした。

どっかり胡坐《あぐら》をかいて大小を引き寄せたとき、九蔵があらわれた。すでに戦装束だが、どこで都合してきたのか古い腹当てをし、それを上帯で締めていた。

「先生、これでよいでしょうか？」

大河はうむとうなずくと、小さく息を吐き出し、

「雨はやみそうにないな」

と、格子窓の外に目を向けた。夜が明けるまでまだ間がありそうだ。

そんな頃、上野寛永寺に立て籠《こ》もっている彰義隊を討つべく官軍の諸隊は陣を整え、霧雨のなか出発していた。

鎖帷子《くさりかたびら》を着込み薙刀《なぎなた》や槍《やり》を持った者もいれば、甲冑《かっちゅう》に身を包んだ者、堅牢《けんろう》な鎧《よろい》に陣羽織をつけた者。それぞれ韮山笠《にらやまがさ》や編笠、あるいは烏帽子《えぼし》を被《かぶ》っていた。

その数は一万二千余であった。上野にこもっている彰義隊の数は不明であるが、二千から三千と見られていた。

その彰義隊は上野寛永寺境内にある寒松院《かんしょういん》を本営として、境内の出入り口にある八門の攻防に備え配置についていた。

八門は谷中《やなか》門・黒《くろ》門・清水《しみず》門・穴稲荷《あないなり》門・車坂《くるまざか》門・屏風坂《びょうぶざか》門・新黒《しんくろ》門・新《しん》門であった。そのようなことになっているとはまったく知らない大河と九蔵は、霧雨のなか永代橋をわたり、小網町から小船《こぶな》町、大伝馬《おおでんま》町と抜けて行った。

夜は白々と明けはじめていたが、あいにくの天気でまだ薄暗かった。町屋はいま

だ眠りから覚めていないのか、いたって静かであった。

柳原《やなぎはら》通りに至り和泉《いずみ》橋のそばに来たときに夜が明けたが、橋のそばには新政府軍の兵が五、六十人警備についていた。

「いずこへ行かれる？」

槍を持った三人の男たちが立ち塞《ふさ》がった。大河は落ち着いて言い放った。

「総督府よりの使い山本大河と申す。道をあけられよ」

方便であったが、物怖《ものお》じもせず総身に威圧感を漂わせている大河に、相手は互いの顔を見合わせてから槍を引いて道をあけてくれた。

大河は堂々と和泉橋をわたり上野に足を向けた。火除《ひよ》け広道にも町の角にも、道の辻《つじ》にも槍や薙刀を持っている者たちが立っていた。

誰もが近づいてくる大河と九蔵に、不審そうな目を向けはするが制止する者はいなかった。下谷御徒町《おかちまち》の通りに入ったときだった。

ドーンという空にひびく音がした。九蔵がさっと顔を向けてきた。

「慌てるな」

大河が窘《たしな》めたとき再び大砲の音が聞こえてきた。それは二度三度と連続した。

「いよいよはじまったか」

大河は足を速めた。

九

それまで驟雨《しゅうう》だったが、風が出てきて雨の降りが強くなっていた。鳴いていた蝉たちも黙り込んでしまったが、砲声や喊声《かんせい》が町屋の屋根越しに大きくなっていた。

大河と九蔵が上野広小路《ひろこうじ》に出たとき、寛永寺の正面にあたる黒門口に官軍の兵がたかっているのが見えた。その手前、三橋《みはし》のあたりには堡塁《ほうるい》が築かれ、黒門口には堅牢な柵囲《さくがこ》いが施されていた。

彰義隊は堡塁の向こうから鉄砲を間断なく撃ってき、上野山内《さんない》から大砲を放ってくる。硝煙が流れ、泥飛沫《どろしぶき》が飛び散り、悲鳴と怒声が交錯していた。

征討軍も広小路に備えたアームストロング砲を放ち、二列横隊になった鉄砲隊が射撃を繰り返していた。

広小路にある商家はどこも大戸を閉め切っているが、一軒の商家に忙《せわ》しく出入りしている官軍の姿があった。その商家は呉服商の松坂屋《まつざかや》で、官軍の本陣になっているようだった。聞き慣れない薩摩弁でやり取りしている者たちがいる。

どうやら薩摩藩の兵らしく、黒いかぶり物をし、彰義隊と見分けるために肩や胸のあたりに錦《きん》切れをつけていた。

大河と九蔵は松坂屋の近くで立ち往生をして様子を見るしかない。その間にも銃撃と砲撃が繰り返され、町屋の一画に落ちた砲弾が破裂し、商家から火の手が上がった。

黒煙と硝煙が土砂降りの雨のなかに漂う。

「これでは進めません」

軒下に立つ九蔵が黒門口を見ながら言う。

「裏にまわるか……」

大河も相手が鉄砲や大砲では手を出すことができない。町屋の路地を抜け、不忍《しのばず》池《のいけ》の畔《ほとり》に出たとたんだった。ヒューンという音がした直後、破裂音がして水柱が立った。

官軍の砲弾なのか彰義隊の砲弾なのかわからないが、幾度も水柱が立った。

「見当違いのところに落ちてやがる。先生、こっちからではやはり上野山内に入ることはできませんよ」

九蔵は顔に張りつく雨粒を手で払って言う。もう二人ともびしょ濡《ぬ》れだった。地面は泥濘《ぬかる》み、水溜《みずた》まりもできている。

大河はどうするか考えたが、飛んでくる銃弾や砲弾の間をかいくぐることはできない。

「さっきのところへ戻ろう」

もう一度引き返したが、官軍は彰義隊の攻撃に手を焼いているようだった。黒門口の攻防は激しいが、他の山門からも悲鳴や怒声にまじり銃声や砲声が雨を降らす空にひびいていた。

松坂屋の近くに戻ると負傷した官軍が何人もいた。泥濘んだ地面に倒れて動かない者もいて、降りしきる雨が血を流していた。

大河が黒門口の様子を眺めていると、

「先生、これを……」

と、九蔵が錦切れを差しだしてきた。

「これをつけておれば官軍です。彰義隊と間違われることはないでしょう」

九蔵は負傷している官軍の錦切れを引きちぎって持ってきたのだ。大河は無言で受け取り、襷《たすき》の肩口に結びつけた。

官軍は忍川《しのぶがわ》に架かる三橋のあたりに築かれた堡塁に迫っては引き返してくる。官軍は手こずっている。

町屋の一画から火の手が上がっており、その煙が広小路を漂い黒い霧のように視界を遮っている。鉄砲が発射されるたびに赤い閃光《せんこう》が見える。

時がたつにつれ、黒煙と硝煙の流れる広小路の様子は変わっていった。近くの町屋が火事になっており、その煙も流れてくる。火を消しに走る町人や火消し人足もいる。

官軍は黒門口に殺到しては引き返してくる。すぐにつぎの兵が前進をし、また後退する。その間に負傷者が増え、軒下で手当てを受ける者や足を投げ出し虚《うつ》ろな目で痛みを堪《こら》えている者がいる。

官軍の本陣になっているらしい松坂屋への出入りは忙しく、大河と九蔵を同じ官軍と思った兵が、前に進めと怒鳴りにらんでもきた。

官軍が三橋付近に築かれていた堡塁を破って前進したのは、午後になってからだった。黒門口にいた彰義隊が後退し、官軍はその機を逃すまいと一挙に出ていったが、山内からの砲撃でまたもや後退を余儀なくされた。そして、黒門口にいた彰義隊の数がいつの間にか増えていた。他の山門から集結してきたのだ。

「彰義隊はいったい何人いるんだ。これでは官軍の負け戦になるのではないか」

手も足も出せない大河は、苦戦する官軍の様子を眺めてつぶやいた。

官軍は戦いに疲れはじめていた。韮山笠《にらやまがさ》や蓑《みの》を脱ぎ捨て、威勢よく刀や槍《やり》を振りあげはするが、敵である彰義隊には届かない。

指揮を執る天鵞絨《ビロード》をつけた筒袖《つつそで》姿の男は、口角泡を飛ばして突撃を命じているが、凄《すさ》まじい彰義隊の反撃に手を焼いている。

(いずれ弾薬は尽きる)

大河はそう考えていた。白兵戦になるのはそのときだ。

雨は弱まることを知らない。近くを飛んでいた燕《つばめ》の姿もいつしか見なくなった。

町屋は燃えつづけている。

大河と九蔵は上野山内に突入できる場所を探して歩いたが、各門口での攻防は黒門口と同じだった。本郷台《ほんごうだい》あたりから発射される大砲は、上野山内には届かず不忍池で水柱をあげていた。

再び上野広小路に戻ってきたとき、官軍は三橋の堡塁を打ち破り、黒門口に殺到していた。

「突っ込め!」「進めッ!」「いまだ!」

官軍の勢いがよくなった。銃声は少なくなっている。山内からの砲撃もやんでいた。

大河は歯を食いしばって鉢巻きを締め直すと、臍下《せいか》に力を入れて刀を引き抜いた。汗と雨がいっしょくたになって首筋から胸へ流れていく。

「九蔵、まいる！」

「おぬしは無理をするな」

大河は注意を与えると、前進をつづける官軍のあとを追って駆けた。泥飛沫を上げ、右手につかんだ刀を高く振りかざす。

「命は天にあり！」

恫喝《どうかつ》するように声を張った。

「天下無双の剣、日の本一の剣士、山本大河ここに参上！」

大河は前を行く官軍の兵をかきわけて前に出た。

彰義隊が打ちかかってくる。擦り落として片腕を断ち斬り、横から突き出された槍を撥《は》ね上げて、深々と胸を突き刺した。

「おりゃあー！」

正面から斬りかかってきた者がいた。体をひねってかわし、横腹を抜くように斬った。敵は雨後の竹の子のごとく目の前にあらわれ斬りかかってくる。

大河は袈裟《けさ》懸《が》けに斬り捨て、腹当て越しに突きを入れて引き抜いた刀で、横合いから斬りかかってくる敵の脇にまわり込んで後ろ肩口に一撃を見舞う。顔にかかった返り血が汗と雨で流される。周囲には悲鳴と怒声が交錯し、屍《しかばね》が累々と横たわる。

槍で突いてくる者がいた。擦りかわして首を刎《は》ね斬る。罪悪という感情をなくし、ただ向かってくる敵を倒しつづけた。ひゅんと耳許《みみもと》をかすめるものがあった。ひゅん、ひゅん。敵の放つ銃弾だった。だが大河にはあたらない。前に進む。向かってくる者を斬る。夜叉《やしゃ》のような形相になって斬って斬って斬り倒す。

「先生！」

ふいの声に背後を振り返った。九蔵が胸のあたりを押さえ、片膝《かたひざ》をついていた。

「どうした？」

大河は急いで後戻りをして九蔵の肩に手をやった。胸のあたりに銃弾を受けているのがわかった。

「しっかりしろ」

九蔵は痛みに顔をゆがめていた。

「ち、力が……」

九蔵はそう言うと泥濘む地面に突っ伏した。

「九蔵、九蔵……」

抱き起こそうとしたが、九蔵の首はがっくり垂れていた。虚ろに開いた目は暗い空を見つめているだけだった。

「九蔵、九蔵！」

揺すったが九蔵はもう返事をしなかった。大河は歯を食いしばって息を吐いた。

「すまぬ。すまぬ。いましばらくここで待て……」

大河は九蔵をその場に残して立ち上がった。

「うおーっ！」

得もいえぬ憤怒《ふんぬ》が腹の底から沸き上がり、大音声を発して刀を振りあげ、打ちかかってきた敵の胴を両断するように斬った。

ぱーん。一発の銃声が近くでした。直後、大河の左腕に衝撃。思わず片膝をついて、刀を杖《つえ》代わりに立ち上がった。ぱーん。もう一度近くで銃声。

胸のあたりに衝撃。全身から力が抜けていった。倒れまいとしたが、気づいたときには泥濘《ぬかる》んだ地面に顔をつけていた。目をあけたまま、近くを駆けていく無数の足を見た。

気が遠くなっていく。意識が途切れるのがわかった。

「おれ、おれは……」

終章

明治五年（一八七二）四月――

江戸が東京と名を変え、維新の嵐が去って数年で世の中は平穏を取り戻していた。花の盛りは終わっているが、それでも市中には紫陽花《あじさい》や菖蒲《あやめ》の花が人の目を和ませていた。

この月の終わり頃から撃剣会と称する剣術の試合が盛んに行われた。

浅草左衛門町《あさくさささえもん》河岸では直心影流《じきしんかげりゅう》の榊原鍵吉《さかきばらけんきち》が試合を行い、多くの見物客を集めた。浅草西福寺《さいふくじ》境内では神道無念流の斎藤弥九郎《さいとうやくろう》が、浅草寿《ことぶき》町においては北辰一刀流の千葉東一郎《とういちろう》（重太郎の倅《せがれ》）が興行を開き、多くの耳目を集めた。

その他にも薙刀《なぎなた》術や柔術、馬術などのお披露目があり、武芸再興の兆しが見えた。

そんな頃、お玉ヶ池の玄武館道場にひとりの男があらわれた。

「無双一刀流の山本大河と申す。宗家の道三郎殿はいらっしゃるか？」

門弟たちは名前を聞いただけで、緊張の面持ちになり、その場に跪《ひざまず》いた。

「先生は母屋にいらっしゃいます。いまご案内いたします」

塾頭とおぼしき男が立ち上がったが、

「それには及ばぬ。母屋はわかっておる」

大河は断りを入れて、母屋にまわった。

「道三郎殿、道三郎殿！　大河でござる！」

玄関に立って大声で呼ばわると、道三郎が式台にあらわれ、白い歯を見せて破顔した。

「大河……」

道三郎はそう言って短く大河を見つめた。大河も見つめ返した。

「しばらくであるな。達者であったか？」

「見てのとおりでございまする」

大河が笑みを浮かべて答えると、道三郎は座敷にいざない向かい合って座った。

「相応に歳を取ったな」

「まだまだこれからでございまするよ」

大河は言葉を返した。

「それより、相談とは……」

三日前に大河は道三郎から会いたいという旨の言付けをもらっていた。大事な相談がしたいということであった。

「この道場のことだ。おぬしはいまや道場主に収まっているが、その後はいかがであろうか？　噂は聞き知っておるが……」

「可もなく不可もなくといったところです。付け加えれば、名もなくと言った按配《あんばい》でしょう」

大河は自虐的な笑みを浮かべた。

「謙遜《けんそん》はいらぬ。おぬしは立派に名をなした。剣術家としての名声は天下にとどろいている。知る人ぞ知る名剣士になった」

「井の中の蛙《かわず》でございます」

「相変わらずだな。だが、それも山本大河らしくてよい。この道場は倅の勝太郎《かったろう》に継がせてはいるが、宗家を継ぐことはできぬ」

勝太郎は十一歳で病のために目を患い竹刀を持つことができなかった。

「このまま玄武館を終わらせたくない。井上にと考えもしたが、うまくゆかぬ」

講武所師範役を務めていた井上八郎のことである。

「井上さんなら文句は言えませんが……」

「井上は静岡にて新たな職に就いており、東京には出てこられぬのだ。なんでも仕事が忙しいらしい」

「それは残念な」

「そこでおぬしに頼まれてほしいのだが、いかがであろうか」

道三郎はまっすぐ見てくる。

「まさか、宗家をわたしに……」

「おぬしなら申し分ない」

大河は庭に目を向けた。鮮やかな紫陽花が日の光に包まれていた。

「なにゆえ、そんなにことを急がれます？　道三郎さんはまだ若い」

歳は大河と同じ三十七歳のはたらき盛りである。道三郎はか弱い笑みを浮かべて首を振った。

「いまは言えぬ。相談受けてくれぬか……」

大河はわずかに迷ったが、

「宗家は血のつながりがなければ継げぬもの。赤の他人であるわたしが継ぐことには無理がありましょう」

「時代は変わった。古い慣習など問題にはせぬ」

「そうはおっしゃいますが、世間は許しませんよ。受けられる相談ではありません」

大河ははっきり断った。

「さようか。……ならばしかたないな。ま、よい。いまの話はなかったことにしてくれ」

道三郎は口の端をゆるめ、昔話をはじめた。

大河との出会い、他流試合の段取りをつけ、つぎつぎと大河が勝ったこと、武者修行の旅に出た大河のことなどなどであった。

「いつしかおぬしには勝てなくなった。日本一の剣術家になると目を輝かせていたおぬしのことは、いつも頭の隅にあった」

「道三郎さんにはいろいろとお世話になりました。それにいまでも忘れられないことがあります」

「なんだね」

「出会って間もない頃でした。道三郎さんはわたしにこうおっしゃった。おまえは野武士のような男だと。わたしはあの言葉が嬉《うれ》しゅうございました。そんな男でよいと思いもしました」

「おぬしには野放図なところがあったからな」

「上野戦争に加わったのは無謀でございました。されど、あのときはどうしてもおのれを抑えることができなかった。いっしょに戦った九蔵は銃弾に倒れ、わたしも怪我を負いましたが、こうやって生き延びている。それにしても世の中は変わりました」

「変わったが、人の心は変わっておらぬ」

「まったくでございます」

大河が口辺に笑みを浮かべれば、

「おぬしも変わっておらぬな」

と、道三郎も小さく笑い、道場のことを聞いた。

「徳次はご存じでしょう。あの男、それなりに腕をあげ、いまや塾頭として門弟の指南に汗を流しています」

「それはまたよいことだ。お内儀は達者か？」

「お陰様でよく尽くしてくれます。雪も大きくなり、いまは近くの寺子屋に通っています」

話は尽きなかったが、座敷に差し込んでいた日の光が翳《かげ》りはじめると、大河は辞去の挨拶《あいさつ》をした。

「また、遊びに来てくれ。今度は一献傾けよう」

別れ際に道三郎はか弱い笑みを浮かべて言った。

「折を見て伺いましょう」

大河はそのまま母屋を出て、玄武館道場の表で立ち止まった。風雨にさらされた建物は古くなり、道場としての趣は残してはいるものの老朽化が進んでいた。

この道場で稽古《けいこ》や試合をしたことは多くなかったが、思い出深いところに変わりはなかった。大河は我知らず感謝の思いを込め、手を合わせて一礼していた。

それが道三郎と会った最後の日になった。そんなことになろうとは予期もしなかったが、道三郎は翌年、三十八歳の若さでこの世を去った。

後継者の任命もかなわず、玄武館は長い歴史に幕を閉じた。

そして、大河も道三郎のあとを追うように、明治七年六月に肺を患って帰らぬ人となった。

野武士のように生き、日本一の剣術家を目指してはいたが、その夢を叶《かな》えられたのかは、本人にも最後までわからぬことだった。

その後、玄武館は千葉栄次郎の長男・周之介《しゅうのすけ》によって明治十六年に、神田錦《にしき》町に再興された。その後見人になったのが山岡鉄太郎だった。

「ご維新になる前にこの国でもっとも腕の立つ男がいた。山本大河という剣術家であった。政治にはまったく関心を寄せぬ、剣一筋の人だった」

山岡は弟子にそう語り、遠い空に浮かぶ雲を眺めた。

「強かった。ほんとうに強い人だった」

本書は書き下ろしです。

大《たい》河《が》の剣《けん》（七）

稲《いな》葉《ば》 稔《みのる》

令和5年 7月25日　初版発行

発行者●山下直久

発行●株式会社KADOKAWA
〒102-8177　東京都千代田区富士見2-13-3
電話　0570-002-301（ナビダイヤル）

角川文庫 23739

印刷所●株式会社暁印刷
製本所●本間製本株式会社

表紙画●和田三造

ISBN 978-4-04-113098-8　C0193

角川文庫発刊に際して

角川源義

第二次世界大戦の敗北は、軍事力の敗北であった以上に、私たちの若い文化力の敗退であった。私たちの文化が戦争に対して如何に無力であり、単なるあだ花に過ぎなかったかを、私たちは身を以て体験し痛感した。西洋近代文化の摂取にとって、明治以後八十年の歳月は決して短かすぎたとは言えない。にもかかわらず、近代文化の伝統を確立し、自由な批判と柔軟な良識に富む文化層として自らを形成することに私たちは失敗して来た。そしてこれは、各層への文化の普及滲透を任務とする出版人の責任でもあった。

一九四五年以来、私たちは再び振出しに戻り、第一歩から踏み出すことを余儀なくされた。これは大きな不幸ではあるが、反面、これまでの混沌・未熟・歪曲の中にあった我が国の文化に秩序と確たる基礎を齎らすためには絶好の機会でもある。角川書店は、このような祖国の文化的危機にあたり、微力をも顧みず再建の礎石たるべき抱負と決意とをもって出発したが、ここに創立以来の念願を果すべく角川文庫を発刊する。これまで刊行されたあらゆる全集叢書文庫類の長所と短所とを検討し、古今東西の不朽の典籍を、良心的編集のもとに、廉価に、そして書架にふさわしい美本として、多くのひとびとに提供しようとする。しかし私たちは徒らに百科全書的な知識のジレッタントを作ることを目的とせず、あくまで祖国の文化に秩序と再建への道を示し、この文庫を角川書店の栄ある事業として、今後永久に継続発展せしめ、学芸と教養との殿堂として大成せんことを期したい。多くの読書子の愛情ある忠言と支持とによって、この希望と抱負とを完遂せしめられんことを願う。

一九四九年五月三日

角川文庫ベストセラー

酔いどれて候 酔眼の剣
稲葉 稔

曾路里新兵衛は三度の飯より酒が好き。普段はだらしないこの男、実は酔うと冴え渡る「酔眼の剣」の遣い手だった！ 金が底をついた新兵衛は、金策のため岡っ引き・伝七の辻斬り探索を手伝うが……。

酔いどれて候2 凄腕の男
稲葉 稔

浪人・曾路里新兵衛は、ある日岡っ引きの伝七に呼び出される。暴れている女やくざを何とかしてほしいというのだ。女から事情を聞いた新兵衛は……秘剣「酔眼の剣」を遣い悪を討つ、大人気シリーズ第2弾！

酔いどれて候3 秘剣の辻
稲葉 稔

江戸を追放となった暴れん坊、双三郎が戻ってきた。岡っ引きの伝七から双三郎の見張りを依頼された新兵衛は……酔うと冴え渡る秘剣「酔眼の剣」を操る新兵衛が、弱きを助け悪を挫く人気シリーズ第3弾！

酔いどれて候4 武士の一言
稲葉 稔

浅草裏を歩いていた曾路里新兵衛は、畑を耕す見慣れない男を目に留めた。その男の動きは、百姓のそれではない。立ち去ろうとした新兵衛はその男に呼び止められ、なんと敵討ちの立ち会いを引き受けることに。

酔いどれて候5 侍の大義
稲葉 稔

苦情を言う町人を説得するという普請下奉行の使い・次郎左、さらに飾り職人殺し捜査をする岡っ引き・伝七の助働きもすることになった曾路里新兵衛。なぜか繋がりを見せる二つの事態。その裏には――。

角川文庫ベストセラー

風塵の剣 (六)

稲葉稔

幕府の体制に疑問を感じた彦蔵は、己は何をすべきか焦燥感に駆られていた。そんな折、師の本多利明が襲撃される。その意外な黒幕とは？　一方、彦蔵の故郷・河遠藩では藩政改革を図る一派に思わぬ危機が――。

風塵の剣 (七)

稲葉稔

身勝手な藩主と家老らにより、崩壊の危機にある河遠藩。渦巻く謀略と民の困窮を知った彦蔵は、皮肉なことに、己の両親を謀殺した藩を救うために剣を振るうこととなる――。人気シリーズ、堂々完結！

喜連川《きつれがわ》の風　江戸出府

稲葉稔

石高はわずか五千石だが、家格は十万石。日本一小さな大名家が治める喜連川藩では、名家ゆえの騒動が次々に巻き起こる。家格と藩を守るため、藩の中間管理職にして唯心一刀流の達人・天野一角が奔走する！

喜連川《きつれがわ》の風　忠義の架橋

稲葉稔

喜連川藩の中間管理職・天野一角は、ひと月で橋の普請を完了せよとの難題を命じられる。慣れぬ差配で、手伝いも集まらず、強盗騒動も発生し……果たして一角は普請をやり遂げられるか？　シリーズ第2弾！

喜連川《きつれがわ》の風　参勤交代

稲葉稔

喜連川藩の小さな宿場に、二藩の参勤交代行列が同日に宿泊することに！　家老たちは大慌て。宿場や道の整備を任された喜連川藩の中間管理職・天野一角は奔走するが、新たな難題や強盗事件まで巻き起こり……。

角川文庫ベストセラー

喜連川《きつれがわ》の風
切腹覚悟
稲葉　稔

不作の村から年貢繰り延べの陳情が。だが、ぞんざいな藩の対応に不満が噴出、一揆も辞さない覚悟だという。藩の中間管理職・天野一角は農民と藩の板挟みの末、中老から、解決できなければ切腹せよと命じられる。

喜連川《きつれがわ》の風
明星ノ巻（一）
稲葉　稔

石高五千石だが家格は十万石と、幕府から特別待遇を受ける喜連川藩。その江戸藩邸が火事に！　藩の中間管理職・天野一角は、若き息子・清助を連れて江戸に赴くが、藩邸普請の最中、清助が行方知れずに……。

喜連川《きつれがわ》の風
明星ノ巻（二）
稲葉　稔

喜連川藩で御前試合の開催が決定した。勝者は名家の剣術指南役に推挙されるという。喜連川藩士・天野一角の息子・清助も気合十分だ。だが、その御前試合に不正の影が。一角が密かに探索を進めると……。

大河の剣（一）
稲葉　稔

川越の名主の息子山本大河は、村で手が付けられないほどのやんちゃ坊主。だが大河には剣で強くなりたいという想いがあった。その剣を決してあきらめないという強い意志は、身分の壁を越えられるのか――。

大河の剣（二）
稲葉　稔

村の名主の息子として生まれながらも、江戸で日本一の剣士を目指す山本大河は、鍛冶橋道場で頭角を現してきた。初めての他流試合の相手は、川越で大河の運命を変えた男だった――。書き下ろし長篇時代小説。

角川文庫ベストセラー

角川文庫ベストセラー

金魚の縁《えにし》
新・大江戸定年組
風野真知雄

元同心の藤村慎三郎は、隠居をきっかけに幼なじみの旗本・夏木権之助、商人・仁左衛門とよろず相談を開くことになった。息子の思い人を調べて欲しいとの依頼で、金魚屋で働く不思議な娘に接近するが……。

面影
八丁堀赤鬼忠孝譚
小杉健治

訳あって祐源が引き取った亮吉だったが、死んだ父親の親友だという男が現れた。父親の面影をおって、『忠孝園』を出た亮吉だったが……親と子供、家族の様々な形が描かれる、感動の時代小説。

償い
八丁堀赤鬼忠孝譚
小杉健治

忠孝園の支援者、米沢検校にあらぬ疑いがかけられ、忠孝園が存続の危機に!! 伊八朗は食い扶持を稼ぐため、金貸しの用心棒になったことから、大きな事態に巻き込まれていく――。感動のシリーズ第3弾!

向島・箱屋の新吉
小杉健治

28歳の新吉は、向島で箱屋をしている。女たちの目を引く男だった。ある日、「桜屋」の主人の絞首体が見つかった。同心は自死と決めつけていたが、新吉は現場に手拭いが落ちていたことから他殺を疑い……。

向島・箱屋の新吉
謎の客
小杉健治

新吉が芸者のお葉とともに訪れた三囲神社で出会ったのは、薪炭問屋の主人。お葉のお座敷にも上がったが、どうやら正体は別のようで……向島を舞台に繰り広げられる、芸者たちの諍いに、訳アリ箱屋が挑む!

角川文庫ベストセラー